ようこそ

〜 種は、ときを浴びて身支度をしています 〜

I

　ここまで、生きた。

　齢を重ねてきた「しるべ」が、肌に刻まれている。

　手の甲を撫でていると、「わたしは誰」と、聞こえた気がした。

　そろそろ、70歳を迎えられるかもしれない時局に暮らしているわたしに、そんな問いはしんどい。

　1億年を超えて地上の恵みを食べ尽くして「恐竜は自滅したか」、そのようなイメージが浮かんでしまった。

　人類は、地下や海洋、大気の資源を消費しつづけて、地上で肥えてきたのだろうか。

　80歳の寿命を、わたしが40歳で終えれば、地殻や気候の変動を減らせたのか。

　ニュースに流される戦争や飢餓の映像、学校に通えない子どもたちの顔つきを見なくて良かったのだろうか。

　人口や寿命がどうあれ、人は争いを起こして来た。

　健やかな暮らしも、人の現実のひとつになった。

　模範解答と重要産物が、人が定義した地域を飛び越え、人が仰ぎ見る世界を脚色する武器になった。

　局地の紛争が世界を道づれにして、世界の不健康が現

地を荒野にした。

　消費が捨てる行為の変型なら、資源は地球の代謝から切り離された異物ということか。

　ならば、人の誕生数も一人一人の死亡日も、生命の営みから切断された結末か。

　人もペンギンもT・レックスも、食べるために体形や技術を変容させてきた。

　わたしは、とっくに40年を超えて生きた。

　わたしが触れた肌の色香が、「あなたは息物だ」と。

　顧みると、野山や海辺のお世話をしたことがない。

　振り向けば、手を伸ばし続ける自分と手に握り締めたままの自分が、背を向けている。

　わたしは、そちらへ出かけてはいない。

　わたしは、そこの栄養素になっていない。

　時間がないということではない。

　ただ、意思が、わたしに居ないということ。

　わたしは、まだ、何も聞いていない。

「今日の暮らしから感じるほかに、何か良い手立てはありますか」、と自問していた。

　どれだけ考えても、持ち歩けない答えに出会っている。

「あなたを迎えて見送る」

　わたしは、その支度をしているようだ。

Ⅱ

　お盆も過ぎたというのに、昼下がりの陽が肌を刺すような晴天の日だった。

　看護師に支えられて、あなたは、処置室から出てきた。

　わたしは、手渡される生身を抱いてソファーまで一緒に歩くと、ふたりでゆっくり座った。

　息を吐きはじめたのは、わたしと、隣のあなた。

　駆け抜ける欲望がいた。

　いのちを吸い込んだ「からだ」がいた。

　渡されることのない誕生日が、わたしの記憶になった。

　「秋だ」というのに、陽射しの強い夜明けだった。

　障子を透けてきた曙光で、居間の食卓に並べられた朝ごはんが良く見える。

　肌襦袢しか着ていない母が、挨拶もせず、無言のまま、ご飯をよそう。

　こんなにも白い姿を、見たことがない。

　堪らず、何度もご飯と味噌汁のお替わりをしていると、突然、母が立ち上がった。

　懐から包丁を出すと、わたしに向かって突き出した。

　思っていた通りになった。

　わたしは、大声で笑い出した。

　いつまでも、笑い続けた。

　しばらくして、母は、畳の上に泣き崩れた。

「呆れた」のだ。

　こんな息子に。

　わたしは、怖かっただけ。

　包丁を手放していた。

　その日からしばらく経った寒い朝、「ガス自殺をしようとした母」を、抱き押さえているわたしがいた。

　タクシーを呼んで、一緒に病院へ行った。

　帰り道、無言の母に、聴き入っている息子がいた。

　あれから、どれだけ月日を重ねたのだろう。

　誕生する筈のいのちのそばに居られなった自分が、自宅から仕事に出かけていた。

　無罪であっても、無実ではないということ。

　手法の僅かな差異を、反復してきたということ。

　法律は、事例を裁けても、人を裁けない。

　この差異の反復に、期待してはいけない。

　そう認知するのみなのだ。

　無実は、証明されることを望んでいない。

　起きた事実は、記述されえる。

　わたしは、無実を書き写すことができずにいる。

　ようやくわたしを思い出せた母に会えたのは、父の遺骨を実家に届けた夜だった。
　無実であっても、無罪ではないということ。
　関わりの僅かな差異を、反復してきたということ。
　無為は、人を遠ざけても、関係を消せない。
　この差異の反復に、馴染んではいけない。
「如何なる理由があっても人を殺してはいけない」と、言うことができる。
「如何なる理由であっても人を殺してしまう」と、言うことができる。
　理由を明言できなくても、どんな言い訳をしても、わたしが行った事実がある。
　人は、行為が導いた事実を法に問いかけて審議する。
　人は、法律を兵器に編集した事実を語る。
　このわたしが、思いを自身で最終兵器に仕立てたのだ。
　事実は、人の暮らす風土に種を落とす。
　種は、ここに来て、ここから去る日に誕生している。
　そのように存在しているその日に、わたしがいる。
　これからも、この地より湧く風に色気が薫る。

　デザイナーベイビーも、iPS細胞による出産も、凍

結した卵子も精子も、産む産まないことに関与している。

　これは、時節の法律の問題ではない。

　医療やケアであれ、社会の制度や自然の手入れであれ、「緩和する、進行を遅らせる、改善させる、治癒させる」とは、可笑しな話である。

　人のそのような働きかけに生身が応えてくれたとすれば、生死を受け入れる働きをしているのは、身体と自然である。

「人の働きは、症状と対話する手立てだ」と、思える。

　わたしは、子宮の鼓動に、この手で触れたのである。

　すでに、生命と会っていた。

　この身に、腕は2本、脚は2本ある。

　行き先は不明で、辿りついた道筋は一つ一つの時の記憶。

　どのように起きて、どのように成るのか。

　決まっていないから、事実である。

　事実たちの実情が、世界の表情のようだ。

　おかげで、わたしは、記述したり説明したり、期待したり怖気たり。

　このテーブルで、結果を再現して見せることもできる。

　はじめから決まっていたなら、探すことはなく、ここに「置かれたもの」を、ひたすら確認していることだろう。

わたしが話すのは、感じられている世界の出来事。

思考する時の流れに、隙間が顔を覗かせてきた。

行き交うものたちの吐いては、吸う息に時が現れ、暇に吹かれては、時間が消えゆく。

結ぼれては解ける時々に、放たれたものたちの色彩が弾けて割れた。

競い合ったり共に暮らしたり、わたしは、いまだ見ぬ世界に分け入り、触れられないものたちに思いを馳せる。

すでに見た世界から手にした事実を組み立て直して、あなたたちを、支配しようとする。

こんな自分が、どのように起きて、どのように成るか、あらかじめ決まっていない。

わたしは、世界の表現者の一粒に成り得ている。

妄想の相手を、わたしの外に見つけたらどうだろう。

そのものは、仲間か侵入者か、画像か。

すでに妄想は、体感から切断されたメタモルフォーゼだ。

トロンプ・ルイユを、見せられているのもわたし。

妄想で楽しむことも苦しむことも、できなくなった自分。

他者が散在するどこそこに、わたしが点在している。

特異点が、これからどう成るか、そこで何が起きるか。

　事実は、予め用意されていない。

　わたしが受け止めていないのは、だれかにどうこうされたかでも、状況がどうかでもない。

「自分がした。自分が感じた」、その事実である。

　当事者は、わたし以外に実存し得ない。

　雪国のささやかな夏、野っ原で蝶を追いかけ回す4歳のわたしがいた。

　網の中で羽ばたく蝶を、踏みつけて遊んでいた。

　潰れた蝶を見て、わたしは吐いた。

　テレビに映る蝶も、プリントされた蝶も、みんな怖くて吐きそうになっていた24歳の夏、恐れていた夢を見た。

　渦巻く蝶の群れが、口を塞ぐ。

　堪らず息を吐いた口の中に、蝶が吸い込まれた。

「ごめんなさい。食べられなくて」

　目が醒めた。

　10歳ぐらいの顔写真を十数枚テーブルに並べて、どれが「私か」わかるだろうか。

　笑っていたり泣いていたり一つ一つ表情の違う顔写真が十数枚「すべて私だ」と言われて、納得できるだろうか。

　それでは、10歳のわたしが「67歳の私の顔写真」を見て、自分だとわかるだろうか。

記憶は、ひとつひとつの時に生きている。

「流されるいのち」はなく、「流れるいのち」はある。
　その狭間に、臨んでいた時のうぶごえ。

夏、ひまわりの花は、種を落とす。
種には、時期を待つ用意がある。
どこで、どう咲き、どう成るかは知らない。
そこと出会われる種が吹いた。
まだ見ぬ花が、薫る。

春、鉢に種を植えている。
自分を植えていた。
鉢に何も落ちてこない。
期待が「そう成る結果」に占領された。
一人ぼっちの色気が、薫る。

ひまわりは、世代を越えて歩き出している。
鉢を越えて、落ちゆくことば。
覚悟が、思いと行いの薫る種になった。
色気が、存在するということ。

Ⅲ

　たった一粒になった色気を取り上げて、「これがわたしだ」と、言いたくなったりする。

　わたしの癖かね。

　身に付いてしまった習慣なのだろう。

　繰り返しているのは、わたし以外にいない。

「おはようございます」

　元気に挨拶して、事務室に入る。

　今日のスケジュールを確認して、来談者の相談内容を整理しはじめている。

　夕方には、面接は終わるだろう。

　記録を書いていたら、残業になるかもしれない。

　18時には、駅前の居酒屋を予約している。

「今夜のお連れの方は、初めてですね」と、大将に挨拶されては困るのだが、それはそれで面白い。

　すぐさま、話題を変えて、カウンターに座り「いつものね」と、頼むのである。

　すっかり、今日の来談者の顔つきを忘れかけた時、携帯電話が鳴りだした。

　どうやら、患者様の体調が急変したようだ。
「夫の呼吸が苦しくて」
「救急車を呼ぶか、緊急往診を頼むか」、語気の荒さが
伝わってきた。
「119番に電話します」と言って、電話が切れた。
　そばにいるのが辛いのか、何かしてあげたいのか。
　担当医にメールで報告すると、わたしは、隣のカラオ
ケスナックに移動した。

　闇雲にお世話して、森や里の芽を摘み取る人がいる。
　どんなに快適な環境で育てられても、その鶏には、食
材になる以外の方法がない。
　どれだけグリーンエネルギーが進歩したところで、人
類のエネルギー消費量は、減ることはなかろう。
　とっても可憐な切り花さえ、野に帰ることなく、ごみ
箱に入る。
　わたしは、焼き鳥を頬張り、言い訳に花一輪買って、
今夜も終電車で帰宅する。
　街灯に照らされる歩道を、千鳥足で転びそうになるわ
たしがいた。

Ⅳ

　あんたは、俺の独り言が鬱陶しいだけか。

　俺は、酔いに任せてしゃべっているかもしれないけど、食卓の脇にいるあんたを、相手にしているんだ。

「そうだよ。ゼロエミッションっておかしくないかい」

　人の最大の排出物は、尿や糞かもしれない。

「死体もですがね」

「処理されたり放置されたりする生命の排泄物ですよ」

　難破船の船長は、「船員の死体を海に葬った」という。

　森の土にも、海の水にも、生きものたちの排泄物が帰って行くだろう。

　尿も便も息止めた生身も、いくつもの生態系の働きによって代謝できていないかい。

　まるで、物質たちの楽園のように、土も水も生成している筈だよ。

　あらかじめ、処理され得るように整えていたね。

　人は、処理され得ない物質を作ったわけだ。

　無性に、そんな廃棄物を吐きたがるのは、人の生態系の特性なのだろうよ。

　実験動物の碑に、鯨塚に、首を垂れ祈りのこつを学ぶ。

　言いたいな、「俺は障がい者には成れない」とね。

　社会から「障がい者」と呼ばれても、「ショウガイシャ」ではないんだ。

　闘病者でも、要介護者でもないよ。

　介護者とか支援者として特定される者はいないぜ。

　俺は、「テイレビト（手入れ人）」に成りたいんだ。「ショウガイシャ」は、端から「テイレビト」なのだ。

　自ら為そうとすると、この身の働き、周囲の視線、社会のシステムなどとの関わり方が、暮らしの妨げになっちゃうわけだ。

　何もしなければ、「ショウガイ」は生じ得ない。

　だれも介入しなければ、「ショウガイ」は定義されない。

　だがね、「関係が起き得ていない」わけだから、いまここに「俺は存在していない」という現実じゃないかよ。

　自閉症スペクトラムとか、ガンとか、生理痛とか、それだけで毎日の暮らしが大変になったのではない。

　この身との付き合いに気配りすること自体は、症状の有無やその程度とは関係ないのに、ひたすら悪影響があると、思い込んだのであり、言い含められたのである。

　症状は、時には身体のシグナルを、時には社会のアグレッションを表している。

「俺は、変じゃなく、ナチュラルだ」

「あんたの true colors は、big sky と遊んでいる」

　病は、スッピンである。

　一方、わたしは、帝王のように病と接することができる。
　疾患が判明される前から、そうであった。
　現代の情報や技術を掌の上で、好きに編集できる。
　だれもが帝王の様に振る舞えているかもしれないが、わたしは、帝王と会うことがない。
　そんな日常が、はっきりしてきたじゃないか。
「俺様など」どこにも居ないし、振る舞いは、虚構のステージに立っているのだから。
「病に行き場がなくなっている」と、言いたいんだ。
　病に罹ったら、「元気になるか、息が止まるかの日常に暮らしているか」だけなのに、わざとらしく、厄介者や礼賛者に仕立てたりする風土に、俺は暮らしているよ。
　腹立って、突っかかっては流離ってきた俺が変な病人なのかい。

　では、「ケンコウジュミョウ（健康寿命）」とは何だい。
　もしかして、「身の回りのことを自分自身で出来ている期間」のことですか。
　元気で居ることに向けられた「トレンド」という事態か。
　ならば、社会や自然との関わり方は。

　そのような日常の暮らしぶりの行方は。

　生産活動は、その土壌に手を当てているのかい。

　その働きは、自然環境を整理整頓している生態系の営みに参加しているのかい。

　この俺が生活を共にした「からだの場所」を明け渡し立ち去ることに、「トレンド」があるのだろうか。

「ソマビトジュミョウ（杣人寿命）」と、呼びたいね。

「ケンコウジュミョウ」は、ある時点から「ショウガイシャ」と、扱われているよ。

「ソマビトジュミョウ」は、その場を明け渡す時に、去った後を整えておく「テイレ（手入れ）」のひと時なんだ。

「俺が伺ってよいのは、里山だ。

　奥山に分け入ったら、息が止まってしまう。

　間伐材や植林の恵みを、奥山に贈る。

　届けるのは、花粉や蝶や風や土の息たちだろう」

　一息つこうとしたら、あんたは居ない。

　とっくに、居間へテレビを観に行っていたか。

　寝息が聞こえてくる。

V

　ここで経験している時間から、記憶がすり抜けて行く。

　わたしは、どこへ行ってしまうのだろう。

　憶えたり、消したり、想起しないとか、勝手に再現されるとか。

　そんな都合がこの頭にだけあるとは、言い難い。

　頭で、すべてをコントロールできるわけがない。

　ここで何かをしている間に通過してしまう記憶があって、過ぎてしまったこの痕跡に残されているのは、わたしであった。

　科学は、人の生活を豊かにして、その豊かさを死守するために、人は、生きものや環境を破壊してきている。

　それで地殻が変動したのなら、これが人世紀の素顔だ。

　人は、それをデスマスクにすることも、そうしないことも選択できる。

　哲学や宗教も科学も、思い悩み、祈り嘆きながら、この食卓の皿に佇めるのに、権威の装飾品になったり風潮の黒幕になったりと、皿から転げ落ちてしまう。

　でも、科学の働きは、人の豊かさが生態系に戻る時間

を包んでいるではないか。

　一粒のウランを消費できるテクノロジーは、その一粒が生成される自然の営みに何かお手伝いをしないのか。

　わたしの血中に入った薬剤は、この身から排泄されるだけで、その物質が誕生する時間に何もしないのか。

　あなたに喜んで欲しいと作った料理に、そっぽ向かれたら、ゴミ箱に捨てるのは、食したわたしではないか。

　パンが買えなくて、あなたから奪うわたしも、あなたの住処に銃を向けるわたしもいる。

　自然の営みを邪魔する前に、わたしはまだ、人類の英知を上手く使えていない暮らしをしている。

　わたしは、記憶する現場にいる。

　愛の芽生える原風景に、わたしは立っている。

　わたしは、樵になるべきだったのだろうか。

　無理だ。

　山でハチ蜜やウサギを獲って、食べられない。

　川で魚を釣ることも。

　殺して食べる、吐き気が襲ってくる。

　トマトやトウモロコシを育て、捥いで喰えるか。

　一生、母乳を吸うために乳房を求めて争うのか。

　わたしが生きているとは、他人がその地での息を絶ってくれた肉や魚や野菜を口にしているからだ。

　食べているわたしが、他人になる。

　こうやって、高齢者になったのは、このわたし自身だ。

　こんな齢であっても、他人の相談を聴いては報酬を貰い、そのお金で通院しては、毎日、服薬している。

「出口が見えません」

　人の成すことが、そうさせているのか。

　このわたしが、そうであるのか。

　時には制度に怒り、時には自滅したくなる。

　いい加減なありさまだ。

　だけど、日の出と共に朝ごはんを作りはじめてもいる。

　樵は、どこへ行った。

　わたしは、どこに居る。

　樵の居場所は知らないけれど、わたしはキッチンに立っていた。

　ある夕暮れ。

　そう言える自分が居る間に、わたしは、公園で騒がしく鳴き合う鳥たちに驚いていた。

「台風が去り、いつものところに戻ってこられたの」

「あれこれ、顛末の報告をし合っているの」

　確か、昨日の夕方は、静かだった。

　風雨が酷くて窓を開けられなかった夜、わたしは家に閉じ籠っていた。

　ある夕暮れに、わたしが居られたのか、居られなかったのか。

　そこから、どこに行くのか、行ったのか。

　分からないままでも、いま、思い起こしている。

　こんな状況で、何処へも行けずに気持ちがウロウロして、すでに家の中でと選んでいた状態で、何らしていないと。

　どこが避難口だったか。

　そう語り出せるわたしが、日延べしてここに居る。

　たったいま、地震が来た。

「弱めだ」

　そんな経験知で、ロックンロールを聴き続けている。

　これから夕めしを食べに出かける予定を変えていない。

　気持ちが塞いで、起きられない朝が来た。

　眼だけが醒めて、遣り切れないでいる自分を、無理やりトイレに連れて行ってしまった。

　時には、人と会うのが堪らなく怖くなって、強いストレスがトイレから出られなくしてしまう。

　いまのところ、幻覚に襲われるようなことはない。

　記憶が途切れ途切れになったり、暴走してわたしに覆い被さったりする事件もない。

　たまには、自分が何者か、どうでも良くなる。

　どうやら、脳や神経の物資の生成や代謝が、いつもと違ってしまったのだろう。

　情報の伝達や処理の働きが、おかしくなっている筈だと、思うのである。

　だけど、それは、心の出来事なのだろうか。

　わたしは、自分のあり様を感じられているし、いまのところ報告できている。

　おかげで、息苦しくなってしまう。

　いつか、報告が滅茶苦茶になって、事が起きているとさえも感じられなくなる日を迎えるのだろう。

　いままでに、そんな日があったことを、わたしは、忘れているだけかもしれない。

　報告すると言えば、わたしは、体温計や血圧計の数値を確認して記録することができる。

　血液検査の結果を理解したり、放射線や磁気などによる検査結果によって、より視覚的により合理的に病変の説明を聴いたりできる。

　脳や神経のメカニズムから、心の出来事を視覚化できる装置はあるのか。

　無理だ。

　心は躍動しているから、可視化された情報には「気持ちの成り行きのいま」は、映らない。

　わたしが、感じ思うということとのズレだ。

　発熱した、血圧が高い、栄養不足だという状態、肺炎に罹っている、そんな視覚的な記述は、この身体に起きていることを伝えているうえでは、確かに客観的である。

　そこには、観測する装置と記述のルールが置かれている。

　デジタル・トランスフォーメーションも、その一つ。

　基準と模範による記述があって、そこに飾りはなかろう。

　その評価が、統計処理された標準との比較範囲から抜け出せていないのであれば、変革は起き得ない。

　何かを起こすとは、一つの経験知でもある。

　その知に、その時代の趨勢や動静が盛り付けてられることもある。

　記述は客観的であっても、評価は主観の群れに成り得ている。

　流動的に靡く群れを、わたしたちは「なんとか整列させられる場所に連れてこられる」と、合意形成したのだろう。

　経験知は、そんな集合体として処理された標準値であったり、典型例であったりするが、医師も患者も、自分自身の事態との類似と差異を実感できる。

　経験知には、汗が流れた跡が拭かれずに残っていよう。

　そもそもと言えば、一人一人の脳や神経は、だれもが標準の範囲で形成され誕生し、その後の成長も標準的な

のか。

　個体差があると、だれもが認められるだろう。

　範囲という標準と個別という特質との間で起きていることを、一人一人が痛感している。

　違い合っても似通ったところを探して、その範囲で社会生活を送ろうと努力したり、疲れ果てたりもする。

　こんな報告が、関わり方の変革を呼び起こす。

　もし、精神科の診察中に、「沈黙へのまなざしが絡み合う会話」が、軽視されていたらどうだろう。

　わたしは医師と会えたが、診察行為は完結してない。

　対象化可能な特定の症状が、評価と対処を得ただけ。

　他の診療科の診察も同じだろう。

　医師は、「薬の物質がどのように人体のメカニズムに働きかけて、生活にどのような影響が生じ得るか」を、分かり易く説明する。

　患者が受け取ったこと、医師が伝えたいことについて、互いに見守り合いながら、相談し協議を重ねる。

　もし、こんな会話が抜け落ちていたら、その医師は、臨床しなかったのだ。

　患者も、生身が声を上げている事態に臨床していない。「臨床行為を放棄していましたよ」と伝えることが、互いの自分への慰めとなる。

　医療機関とのコミュニケーションは、電話をかけた時点からはじまっている。

　コミュニケーションは、医療機関全体の風土と交わされている。

　受診日に、そんな風合いが、患者の日常に記憶される。

　コミュニケーションに利用されるソフトウェアを、患者も医療スタッフも育てることができる。

　医療機関のサービス提供現場で、インターフェイスの使い勝手の精度を検証し合っているに違いない。

　わたしは、医療機関と関わる機会をできる限り減らしたいと、目論んでいる。

　薬剤や検査にお金を投下するぐらいなら、会話に支払いたいと思っている。

　時間の長さではない。

　会話の実質に、医療費を向けるのだ。

　その都度の診察費が高くても、医療機関との関わりの仕方や受診回数を調整できる。

　そのような実情は、医療機関に限定されない。

　法律に担保された専門職によるケアや相談は、生身に起き得た痛みや辛さや不調、人生経過に起き得た生活や参加のし難さについて話を交える機会である。

　そのような機関が「通える場」なら、そこのスタッフ

と会えているということだろう。

　その場をやり過ごしたという事情とは、異なる。

　馴染みの店で買い物をしたり飲食したり、おそらく、保育園や学校、行政や法律の窓口、職場や駅でも、似たような気分になり、関わり方が変わることに、わたしは気づけるのである。

「通える場」が、そこに居ない生活時間を明確にしながら迎え入れていると、わたしは理解することができる。

　そうでなければ、わたしはその場に居ることに依存し、そこに出かけない日々の過ごし方が拘束されてしまう。

　通っていない時間が、わたしの暮らし向きだ。

　その風土は、わたしに「行き先の見当」を連れてきた。

　その印の趣を嗅いで、わたしは、出かける用意をする。

　心は、mindか、heartか。

　この生身は、心と身に分けられない全体なのか。

　社会からの刺激と、自分が感じている実情には、橋が架けられていないのか。

　自然からの情報と、自分がそこに居る現実には、行き交う言葉はないのか。

　どうやら、心は、その辺りで誕生し、傷ついたり嬉しくなったりしているようだ。

　わたしの鼓動が、この花の潤いに、この川のせせらぎ

に、この虫の羽ばたきに、この鳥の鳴き声に、朝焼けの空に浮かぶ一筋の飛行機雲に波打つなら、この身に心が誕生しているのだ。

　花びらのつゆには、波のいろどりには、羽音のといきには、鳥ののどもとには、あま水には、月のしずくには、揺れる心が香り立っていた。

　メルヘンでも、妄想でもない。

　心の現象である。

　心の声は、出産や子育て、医療や介護、そして、安全保障や防災対策と、わたしの暮らしに起こる身近な場面で、唸りを上げて現れていよう。

　最初にわたしが知りたいことは、財政がどうこうする以前に、生活現場でその都度に支払う自己負担額とサービス単価の全体構造である。

　合理的に提示することが、制度のエチケットではないか。

　全額自己負担しようと公費で賄おうと、重要ではない。

　わたしは、コストと有用性、収支と持続性について、制度ができる前にもできた後にも、サービスを利用する度に確認したい。

　法的効果を手にする行為は、買物でも外食でも日常的な習慣であって、わたしのエチケットも確認される。

　仮に社会の情勢によって外壁ができ閉塞が生じていて

も、所詮、人間の社会生活の話題だ。

　わたしは、そんな状況の中でジレンマやダブルバインドを経験して、出口が分からなくなってしまうことさえある。

　社会構造の根っ子には、暮らしぶりがある筈だ。

　制度の日常的な活用場面で市民が財政に関与することは、人間の活動が自然環境を破壊したり、他の生態系を侵食したりしてないかを、実感することにもなろう。

　人間社会の生態には、自然と接触する一人一人のコミュニケーションのあり様が映っていても不思議ではない。

　軒先のツバメの巣に、街路樹の紅葉に、そんな生態の構造に、自然とのコミュニケーションの色香を、わたしが感じられているように。

　心の映像である。

　生殖行為を通して、子がこの身の外に産まれるとしよう。

　わたしが、子を製造したことにはならない。

　手続きに関与したのだ。

　からだへの手当てであり、生命への手入れである。

　創造の現場に臨床したのは、子でありわたし。

　幾重にも枝分かれする快楽に、あちらこちらに追い分

けられる不安に、わたしは出会われている。

　砂漠に門を建てたのは、わたしである。

　雨は製造されないが、雨を迎える生命は創造される。

　そんな時間に、からだが臨床していよう。

　トイレとか、昼めしとか、キッチンとか、物を書くと
か、そこに連れて行かれた時間にだけ生きたと言えて、
直ちに怖くなって動けないでいるわたしが居る。

　出口がないなら、ここに居るわたしが出口なのだ。

　どう答えても、どっちに行っても同じ結果なら、それ
が出口にすぎない。

　わたしは、そんな門の壁の天辺に立てる。

　何も持たず、何かで飾らず、世界を見渡した。

　記憶が、生成している。

　記憶に、わたしはいない。

　心が、門を越えてゆく。

VI

わたしの欲望が、罪を犯した。

欲望は面を取り替えて、名も知らぬ者に手助けをする。

欲望の壺に、愛の一つを仕舞ったのは、わたしだ。

その愛は、あなたに何をしたのか。

その事実は、あなたの素肌にくっきり染みている。

わたしが手術に参加するのは、あなたを信頼したから
だ。

覚悟したということ。

現代のテクノロジーの限界とか、あなたの技術の水準
に対する評価や取引ではない。

結果がどうあれ、「生と死の満ちては欠ける表情」が
削がれたりしないと、わたしは直感したのである。

あなたは、黙ったまま、そんなわたしを見守っていた。
あなたは、この場に参加した。

手術室に居るのは、生な人間たちである。

手術が社会に成立していなかったら、その時点で、わ
たしの身体は息を止め、遺体という生身になれた。

「からだの息が止まったか、息をしているか」、どちら
とも、わたしの暮らしぶりである。

　人工呼吸器をして、わたしは暮らしていることもある。

　テクノロジーとシステムを利用して、わたしは、「い
まここにあること」を選択した。

　あなたと対峙した現実で、不条理が戯れている。

　このグローブには、制限なく事態の自身が発生する。

　全てを見ることはなく、知り得ないバースが湧いてい
る。

　一つ一つと繋がることはできないが、このグローブか
ら落っこちない。

　からだが息をし、息を止めることに、わたしは関与し
た。

　これからも。

　欲望の壺に、覚悟の体液が染みる。

　あなたは、手術を通して、わたしの覚悟に話しかけた。

　治療やケア、それに関わる行政の形態や自身の保健行
動は、直接、身体が生きること、死すことに介入できな
い。

　ましてや、どちらかに偏ることもないだろう。

　もしかして、「偏った」と見えたのなら、そのように、
わたしが装ったのだ。

　伝統的に確立され最先端技術として提唱された如何なる治療やケアであれ、日常生活で積み重ねられたダイエットやサプリメントなどの経験知であれ、肝心なことは、「情報を運んできて懇談しているか」である。

　その方法を取り入れた場合、わたしの日常生活と身体活動に一定期間あるいは後遺症的に支障が生じ得るか。

　その方法を取り入れない場合、どのような痛みや不便が日常生活と身体活動に生じ得るか。

　わたしは、リスクを管理し、保健行動の当事者として現状で判明しえる情報と可能な限り付き合うのである。

　歩いてトイレや食卓に行けるのか。

　辛くても、人生のこの時点の社会や他者との関係をどのように修正するかを体現するのは、わたし自身である。

　末期のガンに限らず余命宣告を受けるも受けないも、わたしの選択であって、「どう暮らすか」の権利である。

　情報や懇談が壺に堕ちているなら、わたしは何も信頼することなく、人任せにするか、自分勝手にする。

　その人もその自分も、わたしの他者になった。

　生身は、他者に会えずにいるだろう。

　身体が発生したこと、身体が活動停止したこと、わたしは、自覚しないのである。

　その時を刻む音。

　わたしの周りに居合わせた時たちの、記憶になった。

　日々の生活現場で、生身の細胞や仕草の活動が生きつつ死し、死につつ生きている時の間に居合わせることがある。

　からだが、話しかけてきている。

　わたしは、その暇の裾に近づき、何かを受け取り、持ち帰る欲望を表現する手立てとして、いくつものサービスや行動の様式を活用する。

　からだの暮らしている日常に、わたしは、お邪魔させて頂けるのである。

　そう成って欲しいとか、こう遇ってしまったとか、その望みは、実に重たい「だれかの名札」なのだ。

　名札は、自分自身を含めた「だれか、だれか、だれか」に保管された取扱説明書のページに付いたタグでもある。

　目脂と手垢で幾一重にされた名札をぶら下げ、今日も、わたしは、自宅から押し出された。

　どこそこで、皮膚が剝けるようにわたしが千切れ、世界が「グワァーン」と、捥れては降ってくる。

　わたしは、壺の外を歩いている。

　わたしも、あなたも、罪を感じる人になれた。

罪は、わたしたちの言語である。

壺の中で、愛は、沈黙しない。

人は、隙間を見つけて、悩み、傷つき、触れあう。

Ⅶ

　夢を見ていました。
「これはわたしの表情ですが、それを感じているのはあなたです。あなたがわたしの表情だと読み取っています」と、話しているのである。

　目が醒めたか、はっきりしない。
「自分で自分の身体を作り、全ての記憶をインストールしたら、その自分はわたしのままなの」と、話しはじめている。

「少し眠ったのでしょうか」、午前4時過ぎに、やっと立ち上がってトイレに行けた。

　中秋を過ぎると、この時間、東の空にまったく陽の気配がしない。

　椅子に座ると、浮かんだ思いを頭の中で、あれこれ喋り出してしまった。

　人の眼差しが目脂のように、意識にこびり付く。
　手垢でコーティングされた眼差しか。
　だれかの操作するキーボードや人々の作った構造物に、無数の指紋が重なり続けてゆく。
　名札を買ってきたのは、わたしだ。

　交差し合う眼差しを浴びては歩けなくなって、家に
戻っても息絶え絶え。
　目脂は疲労と炎症で眼差しを遮り、手垢は乾燥と細菌
で感触を濁らせて。

　酒をあおり、肉をくらい、巨大なチョコレートパフェ
で癒されたものだった。
　ジョギングして、サプリメントを飲んで、たまたま上
手くできたダイエットが、癖になり肥満を繰り返した。
　いつしか60歳を越えてしまったと。
　乾いた気持ちになって。
「これ、精神症状ですよ」
　間違いなく、わたしの心の話ではない。
　まだ、何ひとつ語れないでいるからね。

　クローンに万能細胞に遺伝子編集などしなくても、い
くつもの自分をこさえてきたのだよ。
　それぞれの自分を思い出せなくても、会って話ができ
なくてもね。
　どれもわたしの出来事かもしれませんが、この時刻に
居るわたしは、心の事情を話していない。

　もうじき、太陽は亡くなり、ずっと以前に地球は無く、

もっともっと身近な時期に生物は消滅していることだろう。

　わたしの寿命は、あと10年もない。

　馬鹿げた話をしているのである。

　毎日、こんな夢ばっかりで、「ふざけなさんな」だぜ。

　これ、わたしの心の話か。

　そんな筈ない。

　効率もテクノロジーも、人それぞれも、名札を呼称し指差し確認しては、わざわざ上書きして見えないようにしたいのだ。

「その都度、目脂と手垢で重たくなって」

　死亡事件のニュースを見ていた。

　それは、事故か、故意か、災害か、過失か、自殺か。

　殺された者はもちろん、その遺族も代わりになって、死んだ者の心を語れているか。

　死者とは、遺体以外に面会できないか。

　かつてのわたしにも、会いに行けないか。

　ここに居る自分が、遺体なのか。

　話しかけることはできる。

　わたしたちが、いくつもの事実を記憶しているなら。

　その事実の群れを削除したい、わたしがいる。

　相手を、わたしを、消し去りたいとも。

　お茶して、ほんのひと時、何も問わずに語り尽くしたいわたしが、独りぼっちだ。

　一人っきりとは、違う。

「俺の命を奪った」、その罪を問えない行為であったかもしれないが、無実じゃない。

　判断力の欠如なのか、アディクションだろうが、単なる酩酊状態だろうが、「死に至った事実を起こした行動」は記述され、「事実との関わり方」は議論されえる。

　それは、正義や信条の対象となる事柄の審理ではない。

　量刑というは、罰の程度の話だから罪を語れない。

　わたしの関心は、「法律の手続きで評決される過程と、どの種別の館で、どのように暮らすか」なのである。

　自宅も、その館の一つになる。

　判決は、判断を下す法律の了解領域だろうから、それを承諾するもしないも個々人の心の出来事で良い。

　この分別が日常で曖昧になると、わたしは、復讐心に苛まれるだろう。

　被害者、加害者、それぞれの状況と、互いに事件現場と出会えた事実を認めることはどうか。

　被害者が避難する前に、加害者が逃走する前に、状況が流転する前に、それぞれに病んでいて、そこに希望が

転がっていたかもしれません。

　わたし自身は、被害者か、加害者か、状況か。

　入れ替わったり、重なり纏れていたり。

　2つ以上の生身が、「自分とからだ」を引き裂き、共時的に死に至ることもある。

　それをしたのは、わたしだ。

　すでに、いのちの刻み出す時にズレが生じている。

　わたしが死にかけていて、傍でからだが鼓動していた。

　こんな実情では、自己は解離している。

　だったら、解離した自己と会って話をするのである。

　たとえ、会えなくなってもね。

　このわたしから出かけた「自分」なのだから、解離するその時に、逢っていたのである。

　毎夜、新しい自分ができる夢を見て、朝にはすっかり忘れて。

　わたしは、何処へ行ったのか。

　これが、一番楽だということ。

　この身体では、膨大な細胞が生まれ変わっている。

　息から色が風味を薫らせ、空へと流れて咲いた。

　区切られたセルで、ほっとしたり窮屈になったりする自分がいる。

　際限のないセルで、憧れを膨らませる自分、落ち着けない自分がいる。

　もし、自分で自分を作れるなら、全ての記憶をインストールできるなら、たった一人で、無数に生えては消える自分を招集して、議会を開催せざるを得ないだろう。
　どの自分を残して、消して、書き換えるか、決を採る。
　いったい誰が議長なのだと、煩わしくて夢から逃げ出すに違いない。

　ひとつひとつの色の名前は。
　そんな自分が永遠という泡にまみれて、宇宙から放り投げられたら、わたしに死は無い。
　わたしは、生きる前に生きていないが、この身が死ぬ前に死ぬこともないのである。
　起き得ていない内容が夢なら、夢を起こしているわたしは、ここで眠っている。

Ⅷ

　早朝から、録画しておいた番組を、探しはじめていた。

　何もしたくない。

　何かしていなくては。

　そんな気分でいる。

　いつもなら、自分を動かすために台所に立つのだが、この時刻では、まだ早すぎる。

　隣の部屋で寝ているかみさんの邪魔をしてしまう。

　どの番組を観たいかではなくて、ストレスにならないだろうドラマを見つけたいのである。

　わかる筈もないから、結局、「まあ、この辺りで」と、再生キーを押していた。

　幼い子があの世に向かう手前で、最後に会いたい人に告白している場面が映った。

　気持ちが重たくなって動けない。

　涙が滲んで、画面がよく見えなくなっていた。

　突然、書きたくなって、そばにあった印刷物の空白に文字を埋めはじめていた。

「涙が一つ

　こぼれる度に

生きてきた
けさ
消えゆく
つぶの一つが
いとおしい
死す奇蹟を待っている
ほのかな笑いが
頬をつたう
ひとつぶに会えた永遠を
味わっている」

わたしは、「涙するひととき」を謡えた。

かみさんが起きてきた。
　今日は、仕事が休みのようだ。
　のんびり、ケーブルテレビを観はじめて、コーヒーを
飲んでいる。
　懐かしい曲が聞こえてきた。
　ジョン・レノンは好みじゃない筈なのに、どうやら記
録映画のようだ。
　かみさんも何を観たいか、分からないのだろう。
　イマジンが流れ、とても久しぶりに、ジェラスガイの
新鮮な声が響いてきた。

　わたしは、リビングに行ったり来たりしているだけな
のに、聴き惚れてしまっている。
「ちょっと、何か紙はないかい。なんでもいい。ペンも
くれ」と、かみさんに頼むと腰かけた。
　小さなメモ用紙に、書き始めた。
　何度も、書き直ししている。

「国境がないなんて不幸です
　お前さんと僕に
　スマホと自分に
　裂け目が無かったら困ります
　世界が一つに結ばれたら不幸です
　バラバラでいい
　だれもが話をしている

　僕はただ
　裂け目に色付けした旗を立てたりします
　僕はただ
　枠組に印を彫った門を建てたりします
　戦争は
　その都度おわりはじまっています
　僕はただ
　銃口を向けて国境に立っていたりします

転がる小石から音色が聞こえてきます
風に揺れる小枝のにおいを浴びています
お前さんの瞳に海がひらけ
僕の指は土の匂いを憶えています
みんな間に入り込んで留まったりしません
通りすがるそのときに
挨拶する言の葉を落とします」

一つの表現が永遠に語り継がれることは、起き得ない。
語られたその時が、永遠である。
そこに、消滅したのであるから。

わたしは、「言の葉の祈り」を詩っていた。
生きものの一つとして信じていたい。
争うのは、ただ他者を征服したいからではなく、「お
はよう。さようなら」と、挨拶したいのだと。
いつものようで、いつもじゃない。
これが、当たり前の日常である。

IX

　あのお盆から数年後の夏、郊外の小さな駅舎を出ると、俺は、眼の前に真っ直ぐ伸びた通りを歩いていた。
　両側には、古くからの土産屋が軒を連ねていた。
　一体の地蔵と、眼玉が合った。
　足り寄ると、頭を撫ではじめていた。
「学生さんだろう。この辺りには、生物学の野外授業で結構来ているんだ。地蔵様に会ったようだね。連れて帰るかい」と、初老の男が話しかけてきた。
　よく見ると、地蔵がたくさん並んでいた。
「おいくらですか」
「1800円で良いよ」
　布で包んでから、あまり綺麗ではない箱に入れて手渡された。
　ずしんと重い。
　抱きかかえてしまった。
「どこまで帰るんだい」
「都心です」
　帰りの電車賃が残った。
　昼飯を食わずに電車に乗った。

　しばらくして、俺は、卒論を書きはじめていた。

　当初は、行動学に関する研究であったが、突然、存在の話になっていたのである。

　詩を書くように、すらすらペンが走り出した。

　大学の教授を怒らせてしまったのだが、そのまま提出したのである。

「此処に存在し得るものと、存在し得ないものが居る」

　あの夏、俺は、一つのいのちの生き死にと会っていた。

　祈りも捧げず、合法的な手続きを完了させるのに精一杯であった。

　キスする唇が欲しい一心で。

「現れし存在と出てこなかった存在」

　俺は、その間に手を加えた当事者だった。

「顔を見たことのないいのち」の代わりに、地蔵に線香をあげる。

　そのいのちが、俺の顔に息を吹きかけることはない。

　拒んだのは、俺しかいない。

　生涯の問いかけのはじまりだった。

　答えと出会えることのない思考なのだ。

　いつしか、問いかけは「おはよう」と、地蔵に向かう声に成っていた。

　俺に、死は許されてない。

　いまのところ、似合わないようだ。

X

わたしは、演説している。
夢ではない。
この白紙に向かって。

ついつい、口ぐせのように「いい子にしていてね」と、親は、声をかけてしまう。
国の体制が、そんな風に人々に声かけしていたらどうか。
わたしは、「こうあるもの」に成ったにすぎない。
赤ん坊の、寝たきりの親の「ぴゅーと漏れるオシッコやぬるぬると垂れるウンコ」が、可愛いか、憎たらしいかと、はじめから用意されているわけではない。
「Black or White」の歌声は、透明なパフォーマンスなのだ。
入り組んだ事情が、素通りしてシンプルになれた。
「あの声はオリジナルになった」とは、オリジナリティへの敬意であると。
だれもが、そのように表現し得て、そのように成れな

い時刻と出会えている。

　わたしは、「If I Can Dream」と歌い出す現在の荒々しい生な峰を這いつくばって。

　制度や財政は、一人一人の自主性や自立の一助となる協賛的な仕組みでありつつ、民の暮らしをコントロールする独善的な取り組みでもあり得る。

　おそらく、自由主義体制であれ専制主義体制であれ、民主的な手続き、占領される全体性、私物化されるシステムが取り扱われている。

　その取り扱いは、民主や強度を語っているとは限らない。

　民と主の関係性があり、主が民であり続ける、国家が主であり続ける必然性もない。

　人間は、民を振る舞えても、自分が主である必然はない。

　からだには、主は似合わない。

　必然性の根底には、とある主義や体制、人物や権威を、完成体として普遍化している関係性に縋る習性がある。

　統治は、オリジナリティとの関係性でもある。

　一個のオリジナリティが統治になった時には、オリジナルな体制の完成体はすでに瓦解を始め、無限な個体のオリジナリティと対話する統治の体制は流動している。

　地域ごと個体ごと、言語の質感が異なるから愉快であ

る。

　一人一人の振る舞いも、体制の仕組みも、完成することなく変貌しているここに、個々人の生活がある。

　個と全体の様態は、定まらないから関係が起こっている。

　これが関係していることの全体性であり、わたしたちは、自身の素肌で、その強度を感じ取る。

　もしかしたら、民主的な全体への関わり方は、「変容と互いに不完全で未完成にあることを認め合う方法の一つ」かもしれないが、唯一の方法ではあり得ない。

　その方法は、賽の目や阿弥陀のくじ、言い伝えや占いであっても構わない。

　時に、自立的な「人と人―人々と生態系」との関わり方が、独裁体制や絶対君主を導くこともあり得る。

　その体制も君主も、個々人の生活の仕草や個々の生態系の生成を独占したりはしないのである。

　日常の取引や交渉や学習の場面の多種多様な様式に、支配的でもあり得ない。

　一人一人は、独裁や絶対の言語プログラムと生態系との境に「出入り可能な緩衝領域」を認知し、そこへ行き来する仕方を身に付けていよう。

　体制と君主の変容する振る舞いと対面し得ている。

　人や物や土の交じり合う息遣いの調子を知らせるシステムは、だれかに私有され、どこかで共有されない。

　自主的とか自立していると語り出す以前に、人は、その地で暮らしているのである。

　わたしは、最大限に努めることができる。
　ただ、わたしは、避けているにすぎない。
　あなたの惨めな姿を見ることから。
　それでも、いろんなゲームの場面で出会われている。
　わたしは、あなたの外に立っていられたのである。

　それから、わたしたちの日常に立ち戻ると、その土壌には、過去、現在、将来という時の彫刻と想念の歴史が、生命の宿るガイアに変動を起こしている。
　郷愁であれ、現状であれ、希望であれ、そのモデルが、人と大地との記憶の生成消滅の運動を上塗りして、記憶の生々しさと断絶してしまうことがある。
　ある時点では、かつてを取り戻そうと資産の凍結を、ここにしがみつこうと分配の搾取を、明日を書き換えるようと投資の隔離をしながら、記憶の生成現場から転落する。
　全ては、姑息な解離的に見える遁走手続きであり、現実の生身の運動との乖離にすぎない。
　では、わたしたちが暮らしている土壌は、どこに追いやられたか。
　何一つ変わっていない。

　いまここで暮らしているのは、人と生きものと物資たちなのだから。

　わたしたちは、いつでも、この場に現れている。

　それでは、わたしの日々の生活行為を観察してみる。

　わたしは、食事をして排泄する。

　風呂に入りたくて湯を沸かし、全身を洗い、着替える。

　そのためには、洗濯し干して取り込む必要がある。

　食事を自宅の居間でするのか、飲食店でするのか。

　食材を買いに出かけ調理すれば、後片付けが必要だ。

　食材セットやデリバリーの注文をするか。

　経管栄養剤を流しているのか、母乳か哺乳瓶か。

　排泄は、トイレに行くのか、ベッド脇のポータブルトイレか、それとも、膀胱留置カテーテルやストマが臓器に接続しているのか、オムツに排便排尿しているのか。

　食器や衣類を洗って乾かすか、ディスポにするか。

　トイレットペーパーを、だれがどのようにセットするか。

　どのような形態であれ、その場面では、動作と作業をしているわたしの身体が活動している。

　目的を達成するための作業には動作があり、動作には作業手順の過程がある。

　動作か作業か、させたかされたか、受け止めたかどうでも良いか、峻別できないから生活行為である。

　お陰で、苦痛や羞恥、喜びや安堵を実感できてもいる。

　当たり前のことだが、生活行為には、支障や不都合が、欲し疲れることが、生じ得ている。

　それは、社会的なインフラやマナーなどの「整備に関する保守管理の問題」であったり、心理や生理の現象として「科学的―統計学的に説明される問題」であったりする。

　もし、食事ができない事態を「うつ病とか嚥下障害とか社会的差別」と説明し尽くされたとしたら、わたしは「壊れた機械」と、扱われたにすぎないだろう。

　それは、修理可能か、処分対象か。

　食事が出来ないことを、体験しているこの身がある。

　それに対する気持ちが、わたしにはある。

　実感も気分も変動して得ている。

　これが、わたしの生活行為の実像である。

　生活を実現するには、わたしは家賃や光熱水費を支払い、就労や公的サービスを獲得する必要もある。

　人は、社会の営みに参加し、その手続きと契約できるが、国とは契約しない。

　郷愁や馴染み、文化の総体が国であり得ても、その時々の体制の様態と契約しているわけではなかろう。

　社会システムを構築し持続するために、人は、自分の身体内で生産できない何かを、手に入れなくてはならな

郵 便 は が き

160-8791

141

東京都新宿区新宿1－10－1

(株)文芸社

　　　愛読者カード係 行

ふりがな お名前		明治　大正 昭和　平成　　年生　歳
ふりがな ご住所	□□□-□□□□	性別 男・女
お電話 番　号　（書籍ご注文の際に必要です）	ご職業	
E-mail		
ご購読雑誌（複数可）	ご購読新聞	
		新聞

最近読んでおもしろかった本や今後、とりあげてほしいテーマをお教えください。

ご自分の研究成果や経験、お考え等を出版してみたいというお気持ちはありますか。

ある　　　　ない　　　内容・テーマ（　　　　　　　　　　　　　　　　　　　）

現在完成した作品をお持ちですか。

ある　　　　ない　　　ジャンル・原稿量（　　　　　　　　　　　　　　　　　）

書　名							
お買上 書　店	都道 府県		市区 郡	書店名			書店
				ご購入日	年	月	日

本書をどこでお知りになりましたか？
　　1.書店店頭　　2.知人にすすめられて　　3.インターネット（サイト名　　　　　　　　）
　　4.DMハガキ　　5.広告、記事を見て（新聞、雑誌名　　　　　　　　　　　　　　　　　　）

上の質問に関連して、ご購入の決め手となったのは？
　　1.タイトル　　2.著者　　3.内容　　4.カバーデザイン　　5.帯
　　その他ご自由にお書きください。
　（　　　　　　　　　　　　　　　　　　　　　　　　　　　　　　　　　　　　　　　）

本書についてのご意見、ご感想をお聞かせください。
①内容について

②カバー、タイトル、帯について

弊社Webサイトからもご意見、ご感想をお寄せいただけます。

ご協力ありがとうございました。
※お寄せいただいたご意見、ご感想は新聞広告等で匿名にて使わせていただくことがあります。
※お客様の個人情報は、小社からの連絡のみに使用します。社外に提供することは一切ありません。

■書籍のご注文は、お近くの書店または、ブックサービス（☎ 0120-29-9625）
　セブンネットショッピング（http://7net.omni7.jp/）にお申し込み下さい。

い。

　その何かとは、自然や生態系から搾取した天然資本の略奪品か、それとも、人が土壌の生成を手伝って取り分けられ得る恵みか。

　マーケットで、わたしには、その区別が困難である。

　わたしの生活行為からの排出物が、大地や大洋や大空を汚染してもいる。

　それでも、そんな産物を享受した時に、嫌悪するわたしが、日常生活を営み続けている。

　これも、わたしの生活行為の実情である。

　すでに、そんなわたしの行為は完了したにすぎないが、関わり合いについて何一つ語り尽くしていない。

　区別を付けられない境から、「わたしは逃げ出さないで居る」ということである。

　いまのところ、わたしには、身体が編み込んでいる健康状態からの悲鳴や表情に耳を傾けられる可能性がある。

　それから、「終活と終わりを思うこと」とは、生命への異なる関わり方である。

　いずれも、生物としての死の現象と、生きながら対面していることついては相違ない。

　人が人生の最終段階を迎えようとしている時、社会的にも家族的にも、そして交友関係的にも、実際に臨終をどのように迎え入れ、遺体や遺物をどのように手続きす

るか。

「身辺の整理整頓をしている関わり方」が、終活である。

一方、終わりを思うことは、人生の最終段階に限定されない。

胎児も出産に臨む者たちも、成長期であれ子育て中であれ、死の事態を想像し得ている。

それは、病気であれ事件や事故であれ、災害であれ自死や自殺であれ、あるいは、幸福感に満ち溢れていようと、時々の事情に限定されたりしない。

日常のひと時に、ふと、「終わりを感じ取っている関わり方」である。

終活も終わりを思うことも、生命の死を語り出しているわけではない。

一方は、これから迎えようとしている臨終を、一方は、いまここで感じた終わりを語っているのである。

死すことを覚悟して、死については語れない。

日常に、だれかが傍に来て、死んだあとのことについて話せる、そんな機会があったらどうだろうか。

ささやかな出来事が素直にわたしに沁みて「うれしい」と、呟くかもしれません。

安堵感が、漂って来たのだろう。

「しあわせだ」ということ、「ここにいる」ということ、書き換えたりしないこのいま。

わたしは、生と死のワイルドサイドを歩いている。

　生命は、この瞬間、共時的に死と生の今を刻んでいる。

　身体は、物質や生活の生成変化の始まりと終わりを刻む器のようだ。

　生物の身体は、芽生え成長し、枯れて息が止むことを体現しているだけではない。

　その時間が起こり得る土壌と、身体活動は関わっている。

　息を吐いている間の身体であれ、息を吸わなくなった身体であれ、その時々の変容が大地や生態系、社会や個々人との土壌に関わっている。

　その人が孤立無援であろうがあるまいが、伝えられ得る言葉が生まれている。

　遺体は、言葉の一つになり得ている。

　たとえ、そばで耳を傾ける者が居ないとしても、遺体は暮らせている土壌に馴染める。

　生命が身体で表現する死と生は、生態系の営みが生成している土壌での出来事なのである。

　遺体は、廃棄物ではない。

　もしそうでなければ、わたしたちひとり一人の生活自体が、刻々と廃棄されているに違いなかろう。

　わたしは、終活しながら終わりを感じていなかったり、終わりを思いながら終活を止めたりもする。

　このひと時、わたしは楽しめているか、滅入っているか。

　わたしの日常は、変動している。

　そんな日々と、いまのところ一緒にいる。

　「わたしは」と言い出せる身体の各々の臓器、「わたし
が」居られる風土の各々の場所、そこには溜池がある。

　身体や風土に「わたし」を感じられなくなったら、水
を補給すれば良いのだろうか。

　そのために、水路の設備を入れ替えたり、不純物の除
去装置を設置したりする。

　医療や手当、経済や政策などの介入とは、そのような
手段を取りたがる。

　しかし、溜池には、「入ってくる通り道と出て行く通
り道」との穏やかでありつつ、豹変する交流がある。

　水量や水流をコントロールしただけでは、水の栄養が
身体や風土に馴染みながら、そこから先へとは贈れない。

　一つ一つの物質が、溜池に出迎えられ、溜まりで消化
されること、そこで吸収されること、そこから排泄され
ること、各々に活動しているからこそ、連絡を取り合い
互いに足を伸ばしていることだろう。

　溜池の区域を示す囲いは、人工物でありつつ、そこが
自然系の交流場であることを、他の生態系へ発信しても
いるのである。

　時々、覇権や権威への偏りが、主義や思想を溜池の総督にしてしまう。

　それぞれの地域では、風土がもたらす特産物が収穫され、そこで暮らす人々の生活様式が産生されている。

　しかし、偏りは、あの地域を特産品の製造工場に改築したり、覇権者の地元からの下請けプラントに突如、変貌させたりする。

　そして、飢餓と疫病のリスク回避の代償として、その地域は、「水量や水流をコントロールするための利息」を払い続けることになる。

　元金は、どこにも戻らない。

　はじめから身体と風土との生態系の関係を喪失し、その代償を支払っているのは、覇権者自身と地元の人々の日常生活である。

　その巻き添えを被った生態系の営みなのである。

　原子力発電であれ、ダムであれ、田畑や牧場であれ、生態系と切り離され、自己処理が困難な膨大なエネルギーを生産することに、人類の価値が設定されている。

　人の関わり方で破壊した生態系や地殻などの自然環境には、自ら再生し自ずと回復する力がある。

　人は、その一員であり、加害者である。

　最初に、生きものたちが暮らせるように関わることが、人の仕事である。

その結果、人が帰宅できるかもしれない。

わたしたちは、生態系の営みに近づいて、最大限の効果を手にして、お礼をすることも出来うるではないか。

戦争や内紛などの戦闘行為は、直接的には敵対する者を殺害し、その社会文化を破壊するが、実質的には、そんなものではない。

動植物たちの命を奪い、その生態系を侵略し、環境そのものの生成を阻止する。

襞を織るように呼吸する環境では、投資や金利は、相互の利益であり謝礼するという膜ではないか。

個人所得、企業利益、国家財政も、異なる襞の膜である。

あたかも、ひと粒の種のように落ち、転がり、芽吹くという時の襞だ。

土壌の恵みである。

そうでなければ、相互に浸食し、自然を凌辱する。

森は砂漠に、沿岸は汚水に、雲は兇器になる。

土壌が息を、止めたということである。

身体の言葉を解釈した「己が種」の破滅か。

50年、100年、僅か数千年の文明、つまるところ、遺物をそのままにできる生態こそ、人類となる。

人類の仕業は、他人事ではない。

破壊をやってのけたのは一人一人だ。

市民と呼ばれようと、独裁者と喝采されようと、奴隷

と無視されようと、そいつらは人である。

　わたしは、そのような人である。

　そいつらと定義される前に、人間と成る人でもある。

　奴隷や独裁者、そして、身近な市民に報復したがるのも不思議じゃないが、挨拶できる不可解さがある。

　人間の、探究、思考、祈りは、そこに居られることを直視しているのである。

　生命は、物資、生きもの、どちらかではない。

　そこに現れ、そこに暮らし、そこに果てられる「襞の靡きの時刻」であり得ている。

　奴隷を製造したのは時々の政権や体制かもしれないが、奴隷と取り扱っている者は、自他を問わず自分自身である。

　わたしたちは、奴隷や市民や支配者であるずっと前から、生きものの一つとしてこの地に棲んでいる。

　反体制は、ある所有者を追い払いながら、新たに奴隷を所有する仕組みを懐に隠していたと、感じ得るのである。

「自分が自分自身を奴隷にする選択」ということ。

　一方、反抗は、支配者や奴隷や市民である自分自身のあり様に抗い続けている。

「自分を家畜にしない」と。

　そこに、理由はない。

　だれもが、ヒーローになり得ている。

　その人物像を、「救世主とか、悪魔とか」、扇情するのは可笑しい。

　どのようにヒーローと扱っているか。

　わたしの、ささやかな秘密である。

　わたしが所有したのは、自分で作った仕組みの内である。

　それは、目的を果たす契約に支配された器官だ。

　外の時空に、頃合いの吐息が漏れてこない。

　たとえば、「相互確証破壊」という恐怖の均衡は、畢竟、「相互確証自滅」という過去完了形である。

　核兵器は、「使用の戦術か抑止の戦略か」などではない。

　戦う資格のない人物たちが、戦争をしているのである。

　互いに相手になれる実情があるから戦える土壌がある。

　殺し合いは、遺体に敬礼して終わる。

　現代の戦争は、経済や気候に核兵器でさざなみを起こせるに過ぎないにもかかわらず、死体処理の駆け引きを最終兵器に任せて風土を壊滅させるのである。

　荒廃を放棄する取引が生じている現状こそが、相互に自滅しているのである。

　そんな仕組みは、デザインに将来を所有されたが、非在化したその景色は裸でいられる。

　デザインは、デザインを所有できない。

　デザインの幻影が、地表に焼き付けられている。

　デザインは、はじめから非在化された幻なのだから。

　人は、デザインが無いと家を建てられず、物を作り、仕組みを動かせないと、幻想したのである。

　真っ先に見慣れた筈の野辺で息をしなくなっていたのは、人自身なのだ。

　デザインが現象することの先に在るとしたら、それは記憶を整理整頓している夢であろう。

　わたしは、運動が存在し得る時間から隔絶された非在の表情と出会っている。

　デザイン化された自分に抗えているのは、平原のひと隅で息吐く生の自分である。

　デザインは、吐息と現れ、立ち去って行く。

　ところで、対立は、互いの風土の味わいを感じ合える機会であるが、覇権や権威への偏向は、紛争と停戦の反復をしながら、対岸の水の出入り口を塞いでしまう。

　戦争を起こさない、仲間同士という協定が、覇権主義や民主主義をセントラルドグマへと祭り上げることはない。

　デカップリングもデリスキングも、その土壌では、社会との国際の付き合い方を生むエンパワーメントが肥やされていよう。

　リスキリングもアップスキリングも、その土壌では、学習との生涯の付き合い方を生むエンゲージメントが燻されていよう。

　そのような術語は、課題を提示しているかもしれないが、その解決法を策定し活用する現場に、一人一人の土壌の手入れをしている時間が立ち込めているとは限らない。

　対岸にフレンドシップが漂うとすれば、互いの匂いの違いを感じ合う土壌が育まれていよう。

　そこが、全天に向けて咲いた箱庭であれば。

　対岸には、軒先も巣箱もあり、縁側も宴席もある。

　多彩な手法で処理されたデータがキュレーションやポリシーの材料になることと、不揃いの臨床現場で紡がれる果実には、「思惑と思い入れ、手触りと体臭の微細な違い」があると、わたしたちは卑近な場面で実感している。

　一人一人が、その場に不揃いな仕方で参加していよう。

　互いに、対岸に居られるのだから。

　人は、了解可能領域で使用する言語プログラムを統治しつつ、真っ先に「地元の言語」を互いに支え合える。

　人は、言語が仮面の器の如く置き替えできる装飾であることも、皮膚の皺の如く翻訳できない表情であることも、学んできている生きものであるに違いない。

　対立か偏向か、その境に柵を建てるのは困難である。

　ましてや、柵の中で囲われることも、柵の外に追い払

われることも、境の役割によるものではなかろう。

　柵の内にも外にも、風は吹き、陽は昇り沈む。

　わたしたちは、風や陽の漂いをこの手に握れない。

　それでも、思想や主義は、それぞれの風土や個々の身体の営みを写す水面であり得ていようとする。

　溜池には、生態系の多彩な味わいが交わってくる。

　時々、個々人が体験している味わいを持ち寄って、わたしたちは、コミュニケーションの時刻を記憶し得ている。

　その記憶は、もちろん、わたしの所有物ではない。

　風が運ぶ息を吹き出す土には、芽が生え実っては、枯れ落ちる物質たちの「色彩のもてなし」がある。

　風土の薫りを、科学したり、信仰したり、思考したり、それ以前に、一人一人は、肌で感じては手を当てている。

　そのような行為や現象が人だけのためでもないし、人だけに起き得ていないと、わたしには思えるのである。

　わたしは、溜池に嵌っては這い出しながら、存在し得ているものの一人である。

　奪われたり捨てられたりした時間は、わたしの概念や夢想、生活様式や生活実感だけではない。

　その地に吹く風と薫る土に生える時の芽が、歳時の記録簿の中へ摘まれていたのである。

　もはや生きものではなく、すでに物質でもないわたし
が、存在している。
　だとしても、その時には、意思がある。
　わたしは、時の外に居るのか、内に居るのか。
　この問いは、成立しない。
　わたしが、記憶の一片の時刻であるのだから。
　記憶は、芽生え、風を受け止めながら、土と遊ぶ。

　恋をロマンで語り尽くせたら、幸いである。
「生きもの」だと、響いてくる。
　わたしは、のた打ち回る。
　お陰で、人間に成れたのである。
　わたしは、手足を伸ばすだろう。
　看護も治療も、その原風景は手を当てること。
　経済も法律も、その原風景は手を伸ばすこと。
　情報や祈りも、その原風景はお返しすること。
　会話や挨拶も、その原風景は足を運ぶこと。
　人は、探究し、技術を見出し、使い方を振り返り、そ
ばに居られた自分に映える時を嗅いでいる。
　手を合わせる、あなたやわたしのためじゃない。
　手を合わせて、互いに会っていた。

　自分の仕出かした惨さが、この身に染みついている。
　肌から飛び出しては、わたしの脳や手足、日々の場面に絡みつく。
　後悔ではない。
　懐かしくもない。
　淫らな自分が、傷つけられた相手と逢っている。
「廟で陽を浴びた」、わたしとあなたである。
　それぞれのやり方で、世間の内側に立っては、外側に座っている。
　いま、昼下がりの飯を食べているのは、わたし。

　わたしは、目の前のあなたの自身に成れない。
　あなたは、このわたしの自身に成れない。
　互いにではない。
　会えた、ということ。
　立っている場所は、それぞれである。

　わたしは、あなたを「何々な者」と扱うことができる。
　あなたは、わたしを「何々な者」と扱うことができる。
　互いにである。
　会わなくて済まされたということ。
「何々な者」は、勝手に入れ替えられる。

遺跡も荘厳な建築物も、面白くない。
「何々なもの」に、破壊された遺産が照っている。
燕の巣、土竜の穴、蟻の塚と、大地に馴染んでいる。
わたしは、「何々なもの」のままである。

その人は、「あなたは仏です」と言った。
その人は、「仏」を越えて行っていた。
その人は、いのちを開いていた。
わたしは、「拾われた色付きの小石」でいた。

かつての自分は、このわたしに受け入れられず、この
いまに不似合いで、そう「非ず」と。
自分を飾り立てては、脱ぎ捨てて。
いい気なものだが、曝け出したのは忙しさ。
あなたは、のんびりしているのか。
あなたの頬を撫でられない。
「生き死に」を囁いているのは、それぞれの全身だ。
「どう生き、どう死す」、決めるのは自分だ。
自ら分かち、自ずと負う。
こんなわたしが、愉快である。

　コピーする技術とは、二度と起き得ない出来事を記録して、配布することである。

　壁画や書物、記憶媒体やメタバース、遺伝子編集や多能性幹細胞など、わたしは繰り返し確認することができる。

　コピーできるとは、それを観るわたしが、たった一度の邂逅を想像するということだ。

　コピーの手順は、繰り返しされても、わたしは、いつも真っ白なのである。

　写せるということ。

　書き換えられないということ。

　サービスとは、利用者となり得る相手に提供される実態をありのままに伝えながら、使用手順を相手自身で活用し易くなるようにお手伝いする働きである。

　コピーの受け渡しではない。

　この臨床場面で、利用者は使い方を、提供者は伝え方を学習している。

　医療では治療の手順を、介護では介助の手順を。

　そして、予防や参加の仕方を語り合ってもいる。

　そうでなければ、互いに診察室や浴室に運ばれた対象物であり、対象物になった自分自身であるということ。

　互いに自立を妨げ合い、「この場から出ない約束」に依存し、自分自身の体験を隠蔽するという「自己への不

正と虐待」を置き去りにする。

　このような過程は、制度と生活の浪費の悲鳴に過ぎない。

　設計上、すでに、制度は財政的に破綻し、生活は体力的に自滅している。

　何も語れず、何も芽生えず、何も枯れない時間が行ったり来たりしているだけだ。

　対象物と対象物が、逢ったりはしない。

　そこに、配置されたにすぎないのである。

　わたしは、疾患や介助の症状の対象を提出する者に成り得て、あなたは、医療や介護のサービスの対象を提出する者に成り得るという生活をしているのである。

　そうでなければ、わたしたちが出会われる臨床現場は、生成し得ないのである。

　元はと言えば、患者や利用者が自宅で待っているから、あるいは、ここに来たから、そのような生活現場があるから、医療や介護のサービスを提供できる。

　臨床場面で待っているもの、職場へ来るものには、サービスの利用者と提供者がいる。

「待つ―来る」という行為をしているのは、わたしたち自身であり、「観察―記録」という行為は、互いに成立している。

　相互の報告がなければ、専門的な評価や相談や協議の

場面は、創出され得ない。

　臨床には、自己学習と社会参加の原風景がある。

　この場に起き得ること、この場の成り行きを、互いに見守りながら、産声をあげた価値の素肌に震えている。

　制度は、自国の市民に、世界の市民にサービスが提供され消費され、廃棄物や資源となる実態を、体験事実として視覚化すれば済む。

　制度運用のための要請が、市民の生活に踏み込むなら、ある種のスピーチ・ロックとなる。

　たとえば、サービスの骨格となる鉱物やエネルギーの資源がどのように物流しているか、原産地や生産地の市民の生活の実態のルポタージュがあり、そのテクストが作成される過程の告白がある。

　市民は、互いにそれぞれの地域と風土に見合った暮らし方を創造する。

　買わないという様式、使いながら変容する様式がある。

　市民は、互いに他人であり、互いに排斥し、互いに現場に近づくことができる。

　臨床現場には、メッセージが贈られている。

　わたしは、それを受け取り消化吸収しては、自分のメッセージを贈る。

　そのような贈り物が、ガイアに舞っては散ってゆく。

　森では、経済が呼吸している。

　もし、だれも受け取れずだれにも贈れないメッセージ
が、息を止めたままならどうだろう。

　森は砂を、雲は煙を、砂は雨を呪い、粒子は風を狂わ
せ、生きものたちの息を塞ぎに来る。

　人の製造物は、瓦礫に成れても、土や海や空の栄養素
には成れないということか。

　わたしが、自分自身を汚染物質にして撒いた。

　生きものたちは、ひと粒の砂に肌ざわりを覚える。

　いのちが、粒になったと。

　種が、蕾になるときを嗅いでいる。

　メッセージの贈り主はだれで、受け取り主はだれか。

　わたしは、自分が他者の成り済ましではないと確証す
るのに、パスポートやアリバイを頼りにすることはない。

　アリバイがないとか。

　偽造であっても、わたしはここに居たのである。

　検証するシステムの精度とその制度的保証がどうかで
ある以前に、わたしはわたしである。

　このわたしを確認できるシステムが、わたしの外部に
あるなら、わたしの代わりにそこに居るものは何ものか。

「会いに来ればいい。会えないなら何も起こらない」

　ここに置かれたのは、「だれかでもないもの」のコ
ピーの痕跡にすぎない。

「主観も客観も起こっては困る」と白状したのは、わたしだけの都合である。

「見せかけ」と話すのは、困難である。

　ディープフェイクを暴くＡＩのテクノロジーは、常に、フェイクと拮抗し、ペルソナで装ったわたしがオリジナルか、オリジナルがわたしというペルソナを着けたのか。

　わたしが書物で目にする、ソクラテスの言葉もブッダの物語も、コピーである。

　だから、書物で会える彼らに、「会えることのない彼らと同一人物か、そうではないのか、いや、何方であってもいいと」、わたしは問うことができる。

　コピーは、死体でも生体でもない情報である。

　情報は伝達されるが、生命も物質も写し撮られはしない。

　情報が時には生臭く、時には死に体のような表情を見せるのは、それを送り受け取る運動が起こっているからだ。

　わたしたちは、単行本の紙を手でめくることも、スマホのディスプレイを指でタップすることもできる。

　書き換えや引用をされると、もはやコピーでは居られないから、そんな意図がオリジナルの発祥地を稀薄にする。

　作業時刻は再現されないが、作業者には、その時刻、

そこに居なかったアリバイが用意されてあったりする。

　コピーを編集して、オリジナルにしたのである。

　その事実が起きた時刻は、再現され得ない臨床である。

　人は、歴史の生成される現場に歩み寄り、その史実を語りつないできてもいる。

　そこでは、「おおよそ」が創出されてきた。

　わたしは、「その内側か外側に居るのか」、感じる。

　指差して見せるが、隣では、指でなぞってもいる。

　何も感じないとき、「出生地不明」と扱うのである。

　真っ新になったのは、わたしである。

「見せかけ」と会ったのか、「オリジナル」と会ったのかではない。

　わたしは、何ものとも、つながっていない。

　置かれた器のメッセージは、眺められているだけか。

　日常の暮らしの場面で、蕾になることもある。

　わたしは、蕾が開く姿と会えるだろう。

　あなたは、歴史を語り出す。

　わたしは、あなたを全否定することも、全肯定することもできない。

　わたしが知り得た事実は、総体ではない。

　起き得た事実は、肯定されつつ起き得ない可能性を否定しているかもしれない。

　総体の振る舞いであろう。

　全否定や全肯定は、すでに否定すること肯定すること、その役割を放棄している。

　わたしは、只管、そうしたいのであり、頑なに思い込んだのである。

　やがて、そのエネルギーは、あなたを追い払ってみては、あなたを抱きかかえてしまう。

　互いの人格が、非在となった。

　そんな現場に、互いに臨んでいる。

　主観と思い込みは、違う。

　主観は、自分自身が観たまま。

　思い込みは、自分だけで作った物語。

　もともと主観は、互いに出会われた間の出来事である。

　思い込みは、間を自分のものだけにした。

　客観とは、あなたを記述したもの。

　主体は、「アナタ」だ。

　客体は、「ワタシ」となる。

「ワタシ」から語りかけるのか、「アナタ」の語りかけ

を聴き取るのか。

　主観と客観を峻別するのは難しい。

　閃きも直感も、思い込みや記述にはなり得ない。

　個々人の自己的都合で「主体が感じ思うこと」を編集したり、様々な学術的規範で「客体が表現していること」を写像にしたり。

　編集も写像も、あなたとわたしの間に描かれた境界線なのである。

　主観も客観も、自分や社会の事情を混ぜこぜにしない。

　わたしの眼前のあなたは主人であり、わたしはあなたの客人であり得ている。

　あなたは、わたしは、互いに主体で、互いに客体で向かい合い、「己が主体に客体に成れるこの間」は、膨らんだり縮んだり。

「わたしたち」ということ。

「互い」と感じられる出会いが生成する如何なる環境も、だれかが作り保守管理する「庭」ではない。

　風土を耕していると、間に行き来する「いのち」から挨拶される。

　環境は、個たちの多彩な時間が自ずと生き死にしている「精神ひとつひとつの足元」なのだ。

　環境を踏みしめる足底を、息づかいが撫でている。

　生まれいずる主体に死せる客体、ひっくり返っても、
この身の外から迎えているわけではなかろう。
　表現している生身がある。
　それぞれに、迎える支度をして。
　地平に、互いが足を伸ばし、間で逢っている。

　感じることを捨てる。
　感じている小石を拾う自分を、忘れたわけか。
　思い出さないようにしているわけでもない。
　種を保管しているだけなのだ。
　自由が、種の時間となっている。

　無感動、無関心、無気力がルールなら、無価値という
札を貼られた標識が無表情な物体のようだ。
　そのように実存している人間。
　人は、非常時に瞬間的に保護されるかもしれない。
　その堅持は、都合の良い可愛がりとなって、互いが自
立することを怖がって、忙しく逃げ回っているのだろう。
　わたしは、種を焼き続けながら、人間を私物化した。
　50年、100年、1000年と放置されても、種は、「よう
こそ」と、呟くときを待つ支度をしている。

　どんな国家の体制であれ、どんな地域や組織の風習であれ、どんな個人の習慣であっても、独善や独占の様式は、そのように成立した時点で完成体である。

　生産と食料、生殖と言葉を、恐怖で味付けしたのだ。

　目を合わせず、しゃべらず。

　放棄が、自滅した自分を修飾している。

　自由を失ったのではない。

　呼吸を止めたのである。

　交わりを起こさないために。

　生きものの住まなくなった空き家が、朽ち続けている。

　そんな館の壁を戦利品で飾り立てる。

　個人や組織や地域の生態系に、侵入し、干渉し、色分けしているのは、人間である。

　威圧は、自滅の悲鳴。

　断末魔が、人間であることを証明している。

　ちっぽけなことだが、あなたにキスをしている。

　生殖器は男性に成長し、わたしは男の振る舞いを学んだ。

　それは、性ではない。

　性のちっぽけな典型標識であって「性のかおりとは違う」と、わたしは、あなたに呟くのである。

　見渡してみれば、生きもの変貌に歩み寄れたりする。

　そこには、目の前の人も、会ったこともない人もいる。

わたしは、種のかおりに気づけるのである。

送り先があって、書いているわけではない。
このいま、地べたから足裏を突く思いを書いている。
地中には、だれかではないものたちが、やって来る。
時折、届けたくなってしまう。
会って、話を聴きたくもなる。
書いている時間に、期待は先行していないのに。
確かめたくなっては、自画自賛して自己批判する。
いずこで会う支度をしているのは、わたしだろうに。
言葉が、境になっている。

干ばつで、稔らなくなった田畑。
耕していた馬が痩せこけ、殺して食べるわたしがいる。
生き長らえて、干ばつをどうにかできるのか。
わたしの死骸を、だれか食べてくれるのか。
戦闘は、人の共食いのようかもしれないが、ひたすら、
「種が舞い落ちる憧れの地」を奪いたいのだろう。
そんな行為で自滅した足元に、畝が黙ったまま佇む。

やはり、この自分は、種に成れそうにないようだ。
わたしは、嫌悪している。

　この出来事に、種の身支度へ「わたしを近寄らせる時刻」が起き得ても不思議でない。
　永かった縺れが瞬くように破れると、種が顔を覗かせた。

　時折、この身は「生と死の境なのでは」と思える。
　いのちが、境となる身体に表現される。
　空に匂いが咲き、海に光が馴染み、大地に顔が熟れる。
　ときの移り変わりが、雲や潮や峰から色気を放つ。
　そこに根づき、生死の彩りが、ここより離れる。
　わたしの付き添える一生である。
　この肌から剝がれたわたしが枯れて、種が落ちてきた。
　沈黙が、境になっている。

　ようやく、しゃべり終えた。
　爽やかな疲労感が残った。
　紙は、真っ白だ。

XI

　銃を手にしているのか、ペンを手にしているのか、鍬を手にしているのか、裸の手のひらなのか、全ては、わたしに起こり、起こらない。

　わたしは、だれかを守りたいのか、何かを信じていたいのか、あるいは、只管、追い詰められたのか、取りあえず何となくそうしているのか。

　この身は、そんな事態の最中に居られている。

　聖なるものは、感じられているということ。

　信じることじゃない。

　それは、わたしの揺らぎであったり、頑なさであったり。

　気持ちが写したわたしなのだ。

　聖なるものは、そこに映えては跳ね行く。

　わたしが見ることはない。

　わたしは、桜の紅葉が好きだ。

　いつの頃だったか、桜の木の下を歩いていて、突然、気づかされた。

　春の清らかな花びらの舞い散るはかなさ、秋の渋く色

づく葉のしぶとさ。

　刻々と冬芽の支度をする姿を、いつも見せられている。

　わたしの振る舞いに、人は「何々な者だ」と言う。

　あなたは、そんなわたしの傍らで踊ったり消えたりする。

　突然、「わたしは何々だ」と言う。

　言葉にするとは、そういうことか。

　この人格が解離するとは、不条理な圧力で解体されたわけではない。

　この身の断片を、だれかに贈ろうとしている。

　端からわたしは、そこで舞っている人だ。

　聖なるものは、言葉を語らない。

　人は、語り出す。

　あなたの身の薫る声に、わたしは感じ入る。

　わたしは、雑念に満ちている。

　日々、揺らぐ心の波に流されておっても、ふと、聖なるものと出会われる刹那に安堵してもいる。

　己のあり様だ。

　流れが止んでいるかのような水面が写しているのは、澄んで流れゆく気持ち。

　仰ぐ心とは、出会われし時に薫り立つこの身だ。

　わたしは、言葉が放った体臭を聴くことはない。

XII

　器官を寄せ集め、組み立てた道具が身体ではないと、人は直感し、その身で示している。
　身体がなくても、器官は作動していると、人は直感し、その身で触れている。

　万能細胞、遺伝子編集と、人が発見し、想像し、開発した技術とは。
　細胞や遺伝子が、「人の介入に反応し得る」ということ。
　人は、どうして反応してくれるかについて語り出しているのではなく、反応した現象を記述したのである。
　それは、人知が介入できる可能な範囲を明示している。
　人や動植物の生身を実験や治験に使用しないで済むことであって、臓器の再生のために医療材料に成れることは、生殖や遺伝から隔絶された範囲である。
　そこは、飛来してきたものたちから挨拶される会場だ。
　人は、運動のメカニズムを外に持ち出せないが、会場で触れ合うことができた。
　人は、生態系にシミュレーションを提示できるだろう。

　マスゲームの観客は、演技者をグレートプリテンダーと見誤り、演技者は、観客をグレートプリテンダーの光と錯覚する。

　だれもが、キャラクターを演じたに過ぎない。

　各々の個体のやり方で。

　風呂に入るために服を脱ぎ、体を洗う。

　そのやり方を、統一することはできない。

　刑務所や軍隊、介護施設や病院で手順良く入浴するにしても、統一されたと見間違いできるのは、各々の個体がそのように演じたからだ。

　演じ方は、それぞれであり、結果だけが単一になるように振る舞ったのである。

　身体が、あらかじめ実在しているわけではない。

　いまここに、実存している。

　現れ出る姿は、去り行く時間である。

　葉から、花から、枝から、弾け飛ぶ物資がメッセージであり得るのは、己の身体の外に出たからだ。

　人が自分自身で作ったテラリウムの中でしか生存できないとすれば、そこは、すでに廃墟である。

　荒野に、ぽつんと空いたゲットーの鉢が崩れてゆく。

　花も咲かず、食物も実らず、電気も起こらない。

　道具や技術を開発し、世界の各地と、デジタルワール
ドで物流している。
　如何なる最先端技術でテラリウムの鉢を飾り立てよう
が、それは、芽吹く大地から隔絶するラッピングに成っ
た。
　人は、鉢の中の部品で、組み立てられて住人と成った。
　自分は、その鉢の外側に居ると幻想する。
　ポッサムに成ったのは、自分自身である。

　都市というテラリウムは、ゲットーの一つの形態かも
しれない。
　それは、風土からの隔絶を言い表している。
　臓器が、身体から隔絶した器官に成っている。
　わたしは、死んだふりができる生きものなのにだ。

　生きていても、死んでも怖くて、望みを探す。
　待っていれば、やって来る。
　待っていなくても、やって来る。
　何も来ないことも。
　わたしは、動いていない。
　望みだけは、駆け巡っている。

　道路や公園は、人工物である。
　家や町も、人工物である。

　街路樹や花壇は、鉢に生えている。

　様々な形態をした鉢が、野山に溢れている。

　限られた生きものが出入りしたり、人だらけであったり。孤立しているのは、鉢である。

　わたしは、鉢に生えた。

　鉢植えの飾りでもある。

　自宅や職場に運ばれる鉢であったり、わたし自身がいくつもの鉢を持ち歩いていたりする。

　サイボーグ化した、ロボット化した、そんな姿形になった生身の鉢もある。

　贖えない出来事である。

　どうこうする前に、そうであるわたしの鉢が、風土に晒されている。

　その場所は、ガイアのごく僅かな裾野である。

　先住民という術語は、自ずと欠礼を露わにしている。

　今日、この地で生きている歴史の結果であり、歴史の未来である時を、わたしは痛感する。

　時の波間の外側から、「アイヌや琉球と、民族名や人種名」を表記するなら、その風土に暮らす人間の営みに敬意を示していない。

　そこは、植民地でも、傀儡国家でも、同盟国でもない。

　奴隷や野蛮人でもなく、家畜とも認知されない人型が、大量生産され、ひたすら廃棄される。

　弄ばれたのは、国家でも大地でもなく、その地に暮らす人間である。

　それ以前に、入植者や為政者たちが自分自身を弄び、消費される象徴としての人間のあり様を誇示していた。

　廃棄される人型も、消費される象徴も、行き先を絶たれた「わたしたち一人一人であり得る辺り」に、人間の生命の尊さがかおる。

　マスゲームのマスカレードに生成系ＡＩのプラグマ、治療法の舞踏に量子データの遊戯と、わたしは、その振る舞いの目撃者になった。

　その演じ方を応用することはできても、演じるものの代わりに、わたしは、振る舞えないのである。

　メッセージの粉は、人が手を加えた量子に成れるのだ。

　デジタルワールドは、量子が外に出る通り道であり、気まぐれに、量子は、人里で道草をしたりする。

　その記憶は、何処かに保管されているわけでも、何かと繋がり合っているわけでもない。

　脳や心臓などの臓器の何処か。

　インプラントやコンピュータなどの装着物の何処か。

　そこに納まり、接続されているものは、記録や編集の処理手順なのだ。

　その手順は、いつも外部から書き換えられる。

　その事実は、処理が物質の運動ではないし、生物の生活でもないと、証明した。

　わたしがあなたの思い出を記憶しているとすれば、その気持ち以外のすべてを、忘れているのである。

　わたしは、夕食を作り、平等に取り分けられる。

　公平に食事を摂るかは、一人一人がすることだ。

　そうでなければ、この料理は、独裁者だ。

　人間の多様性は、風土との付き合いから学んだ暮らしに産み落とされた果実である。

　この身の働きが、「風土に贈り物をしたい」と言う。

　生身は、移ろう時の薫りを記憶する。

　世界が分解されては邂逅する呼吸に、時が楽しんでいる。

　わたしは、世界をロマンチックに語り、身体を理論的に記述できる時に出会われている。

　存在の客に、わたしが成れたということだ。

XIII

　きのう満開であった桜に、雪の花が咲いた。

　朝早く、わたしは、露天風呂に浸かり、風に揺れる枝たちを眺めている。

　瞳の奥で、不揃いの趣が調和して、それぞれにばらけ、飛び出してゆく。

　流転する時の色香にうっとりして、去りがたい。

　ふわーり、ふわーり、雪が流れて、この頬に着いた。

　あの行いは、共同正犯だったのか。

　暗黙のうちに、互いに教唆していたのか。

　自分自身を、それぞれが拉致したか。

　水平の広がりを見渡せる時空間では、公共性に憧れ、ネットワークで互いの相違を言葉にしていよう。

　垂直の重なりを見上げ見下ろす時空間では、階層性に企をして、セルブロックで互いの抵抗を形態にしていよう。

　わたしは、そのように暮らせる生きものであり、自分自身の行いに憐憫したり嘔吐したりした。

　嫌な自分ばかりを思い起こしている。
　息を吐けずに苦しい自分が、景色に融けてゆく。
　身の回りが、ざわつきはじめた。
　旅を振り返って、ここから旅立ったようである。

　永劫に刹那。
　このいまここに回游する時の息吹と感じ、このいまこ
こに発着する時の風情と思う。
　わたしは、このいまここで息を吐き、風に揺れている。

　わたしは、この地で声を聞いて育ってきた。
　古より語り継がれてきた言葉の風土に、暮らしている。
　わたしは、ソクラテスと会って握手をできないが、こ
の身でフィロソフィを感じる。
　祈りや考え、その行いの文化というものは、たどり着
いた先で開いては散り、荒れ野を駆け巡る。
　花たちが、この原で色めきたなびく。
　わたしは、ゆっくりと深く息を吸った。

　陽が強くなってきていた。
　木肌に巻き付いていた雪が、すっかり融け、湯気が流
れてゆく。

XIV

その人は　旅の途中　ここに寄った

その人は　旅の途中　そこで待っていた

その人に　会えた

その人は　身支度を見せていた

またね

〜　種は、遊牧する星屑になりました　〜

I

真っ新な胎内に
はじまり続けているままです

真っ暗な時間に
終わり続けているままです

まだ生まれてなくて
まだ死んでいません

「いつか」
　声がもれて「いま」になりました

　夜明け手前の夢でした

II

　まちの通りを靴たちが、歩いています。
　むかしむかし、人は素足でした。
　タヌキやクマと同じように。
　近ごろでは、犬も猫も、靴や服の飾りを纏って通りを散歩しています。

　靴たちの眼差しが、あちらこちらへ放たれています。
　無口ですけど、夕陽を浴びて光ります。
　不規則に並んだ靴たちが、歩いて行きます。
　人たちが移動できる通路を。

　カラスが、棄てられた靴を突いています。
　このまちの街路樹にも公園にも、それから、電線や駅構内にも、たくさんのハトが飛んで来て素足で歩いています。
　なぜだか、鳥たちの亡骸を見たことがありません。
　人があと片付けしているのでしょうか。
　近くの河原や野原へ、死を迎えに行くのでしょうか。
　ゴミ箱に行けなかった靴が、通路の端や公園の片隅に置き去りにされて、何も言わず雨に濡れています。

　まちのあちこちに、人が住まなくなった家があります。
　発電所や工場、牧場や田畑も、廃墟になります。
　人に手入れされなくなって、有害物質を空や川に撒き散らしていませんか。
　虫や猪たちは、暮らせていないことでしょう。
　大地の地面の一角を人の造った建物で埋め尽くしてしまうと、蝶も蜻蛉も遊びにこられません。
　川の流れや野原の賑わいを挫滅させたのは、まちの仕業ですか、人の仕草ですか。
　小さな、とっても小さな細胞のひとつひとつは、思っているのです。
　潰されても、壊れはしないと。
　都会では、鳥たちの巣は、ゴミ箱に片づけられます。
　廃屋は、どこに連れて行かれるのでしょう。
　人の住まなくなったまちに、鳥たちは、やって来るのでしょうか。

　そのまちの名は、地図の表記ではありません。
　人々は、住民票の合計との一致ではありません。
　産業は、生産物の総額との一致ではありません。
　自然は、資源量の比較との一致ではありません。
　人は、まちの寝息を浴びています。
　まちは、大地に生息しています。

　わたしは、すでに起こった表示物として扱われる個体の場面を目撃しました。

　取り扱い当事者である自分と、まちで会っていました。

　紛争や干渉、診察や保健、学習や保育、選挙や議論、法廷や役所も、表示物のギャラリーになり得ているのです。

　取引と断交、交渉と再会も、展示物の詰め合わせ会場での出来事ではなく、「会場への行き来のエチケット」です。

　マナーを見守り合っているということ。

　語り合っているということ。

　まちに勃発した惨劇も熟成した果実も、「お互いの自分自身が加害者と被害者、生産者と利用者に、ここで成り得ていた」と、時を紡ぎ証明していることでしょう。

　このまちの暮らしぶりには、大地に「存在したもの、存在し得ぬもの、存在し得るもの」の沈黙が滲んできます。

　共生に向かったり、相互依存に堕ちたり、わたしたちは、「ご近所さん」と過ごしています。

　野良では、いのちが咲き乱れ挨拶していることもあれば、ひと色の花束がお互いに退け合っていたりもします。

　どうであれ、生命体も物質も生態系も、共に進化してきたことでしょう。

　野良の片隅で暮らしている限り、「次なる開花」を整えているのです。
　わたしは、「ご近所に存在するもの」です。

　木陰の粘菌さんは、脚を伸ばしては縮めます。
　杜の木立の葉っぱさんから、酸素が湧いてきます。
　小枝さんから、実が離れていきます。
　彩りを放つ細胞の息づかいが、響いています。
　もつれに戸惑い、ゆらぎと戯れて自ずと変容しないＡＩのボディ・パフォーマンスとは、味わいが違います。
　わたしたちは、情報を見るとか、聞くとかするずっと前に、情勢を嗅いでいます。
　花が咲き、散る、季節の移ろいに肌が触れていたり、鼻腔が香りを想像したりするものです。
　人の感覚、思い、動きにも、ひとつひとつの細胞の囁く響きが、伸びたり縮んだりしていることでしょう。

　通路を越えて、お互いまだ見ぬものに「こんにちは」

　路上に映えた朝焼けの空を、カラスが飛んでいます。
　スプリングコートを着た犬が、交差点を渡って行きます。
　ムクドリたちが電線に一列に並んで囀っています。
　路線バスの車輪が、赤信号で止まりました。

通勤で賑わいだした駅を、靴音が越えて行きました。

Ⅲ

「関わるって」

　その場に置かれた自分を越えて来たということです。

　何も身に付けずに。

　責任を問われる行いについての事前の準備や結果への
対処とか、負い目や罪の意識も、重たいでしょう。

「身軽になった」

　ここに来られたのです。

　一人ではできません。

　ひとりっきりなら、だれかと会うことは起き得ません。

　お互いにですし、それぞれのやりようがあります。

　そこの甍は、自分が居合わせた場所から見たものです。

　蝶は、光景を嗅いだのです。

　そして、越えました。

　まだ見ぬものに、挨拶したのです。

　それぞれに。

　わたしたちは、関わり合うときに弾けました。

　お互いの隣となれる甍に、寝息が立っています。

　飛んでいる自分がいて、這いつくばる自分がいます。

　疑いに満ちた自分が閉じこもり、自由だと踊る自分が

はしゃいでいます。

　わざわざ、どれが自分で、「まとまらなくちゃ」と、頑張らなくて構わないでしょう。

　時には、娘という存在者は他者であって、関わり方に娘が現れているのに、父親から他者が掠れてしまいます。

　倒錯したのは、娘じゃなくて、父自身です。

　バラバラの自分は整列などしないし、「歪である」とあからさまなら、身軽じゃないですか。

　一つ一つの自分に侵入などしません。

　わたしという空地で、待ち合わせては帰って行けばいい。

　社会主義とか共産主義、自由主義とか民主主義、全体か個か、だれの口から紡ぎ出されようと、そのテクストは、場当たり的な事象かもしれません。

　個人個人は、それぞれが同じテクストを語っても、それぞれのコンテクストが異なれば、違う意味合いになっていることを知り得ています。

　10人の消費者が同じネット通販で同じ商品を購入しても、使い方は全く同じにも全く別にもなり得ません。

　全く同じになる手順は、「ネット通販の消費者」として扱われ得る購入プログラムです。

全く別になる機会は、「10人それぞれの使用機会の時刻と場所」が一緒にならない暮らしの時空間です。

わたしたちは、微かに同じと違いの匂いを嗅ぎます。

10体のアバターダンサーがメタバースの同じステージ同じ振り付けで踊っていても、「みんな同じ」とは言えません。

全く同じならば、10体が一つに重なった場面です。

一つ一つのダンサーの区別がなくなります。

隣のダンサーとの立ち位置が異なり、そこには、隣との距離と関係性が成立しています。

10に分割された時空間と、一つのステージとして全体化されたプログラムがあります。

同じ振り付けですが、全体化された視点では同一であっても、分割された視点では別々です。

わたしたちは、類似性や差異性に気づき、対話したり認め合ったり、対立したり距離を置いたりします。

地域の文化や風土、個人の体感や生活実感からコンテクストが紡がれ、テクストが織り込まれます。

それぞれの個人は、それぞれの身体の生活時空間の外に立っています。

だれかが、だれかの代わりに、そこに実存しないのです。

わたしたちは、会いに出かけては立ち去る領域を感じ

取っています。

　グローバルとか、ブロックとか、ローカルとか。
「何々がファーストとか」
　方言や俗語、隠語や手話、私語に、際限は似合いません。
　だれもが、慣用句と実体験の境で、言語の膜の息を嗅いでいることでしょう。
　人間は、言語と暮らしている生きものです。
　生物たちも物質たちも、自然が織り成す多彩な言語表現に触れています。
　はじめから世界に耳を傾けているのは、この地で暮らしているひとつひとつの生身の日常です。

「あなたも、家族も、住人も、市民も、嫌いだね」
「通りすがりに会える人がいて、幸せなんだ」
　そんなわたしが食べ物や治療を独占するために、「格差を正当化した」としましょう。
　自然の営みの「あるがまま」から、搾取してきたのです。
　その「まま」が、犠牲になったのではありません。
　わたしが、自然に相手にされなくなっただけなのです。
　自滅したのは自分で、自分が破壊したのは持物です。

自分の居た場所から越えてこなかったにすぎません。

わたしは、ここに関われないのであります。

これは、ただの梗塞です。

壊れた装置が、ここに運ばれたということ。

ダイエットやアンチエイジングのインフォメーションを検索したりキュレートしたり、そんなゲームに興じたままのわたし自身かもしれません。

塩分やカリウムなどのミネラル、コラーゲンや必須アミノ酸などを、いまのわたしの暮らし方でたくさん摂取して、きちんと代謝できているのでしょうか。

一見、良さげに聞こえる効果も一時的で、生死を迎えること、遺伝形質に、どれだけ役に立っているのだろうか。

ここにも、現代のゲームがありそうです。

人には、それぞれの風土での生業や暮らしぶりがあり、それが、その地に似合う身体を創り、次なるいのちへの伝言となっていたことでしょう。

それは、寿命となり生き方の表現になり、「いのちの迎え方としての文化であった」と思えるのです。

統計的処理やその標準化が問題なのではなくて、あるモデルの暮らし方を何となくグローバルに着飾って、平板化する権威があるようです。

それは、剥き出しにされた圧力ではなくて、その色気

には、コマーシャルな飾り物のような魅力があるようです。

　独りで遊ぶのには、良さそうでもあります。

　そんなゲームに没入して、居た場所から越えてこられなくなった自分と会っています。

　わたしは、わたしの居場所全体を占領したのです。

　趣味や仕事という帽子を被ったままなのです。

「こんな余白が欲しい」という巡り合わせに、気づく自分を鈍麻させます。

「欲しい」を反復している装置が、帽子のわたしです。

　見立てられた関係の空回りなのです。

　鬱陶しいけど、反抗しなくて済みます。

　便利でもあり、放置でもあります。

　不安でもあり、要請でもあります。

　だからでしょうか。

　わたしは、そんな場当たりから辿って来た道を振り返り、「明日へと気持ちを届けよう」と支度もします。

　時には、帽子を落とします。

　一人一人は、現地で暮らす「ばらつく人と気まぐれな大地との会話から育つ手立て」を見つけるのです。

　一方では、ガバナンスに便利とか、デモクラシーにベストとか、そんな介入は、だれ一人とも挨拶していませ

ん。

　わたしたちは、手伝いをしながら「教えられる危うさと歓び」を贈られ、お互いに学ぶ驚きに気づかされます。

　同じ場所で同じ作業をしながら「良かった。これじゃ駄目だ」と感じ合ったとしても、その体験内容は、全く違うのであります。

　教えられ、学べる機会が、産み落とされています。

　人は、対立していて当たり前なのです。

　生態系と生態系が、個体と個体が、対立し合っています。

　物質は、ぶつかり合い、固まったりバラバラになったりしては、立ち去ります。

　それぞれのあり様が、明らかになっているのです。

　寄り合うための居間を作ったりしなくて済むでしょう。

　自分を誤魔化したりスッピンで居られたり、どちらにも言葉が顔出しします。

　対立って、お隣同士でしょう。

　緩衝し合える平原に、お互いに出かけてきたのです。「ありがとう。さようなら」と手を振ったり、「こんにちは。久しぶり」と首を垂れたり。

　こんな息づかいが聞こえるところでは、それぞれの事情が置かれた暮らしに、お互いに足を向けません。

　踏み込んじゃったら、もう二度と、「どうも」も「ではまた」も、言えません。

　種を蒔きながら歩いて、偏執や虚偽に出会いました。
　いま、生成ＡＩが、自分の作品に「真偽は」と質問し、「コメント」を投稿しはじめています。
　この反射の連鎖は、無限大に放置されますか。
　見えているものを視るとか、聞こえているものを聴くとか、出来事と出来事の余白の運動に無関心になるとか、散歩に出かけないでいるわたしの仕業です。
　かつて投下された核爆弾も、これから戦略や戦術に使用される最先端科学兵器も、常日頃わたしたちが口にする食べ物や言葉も、「被害者―加害者」の区別なく「それぞれの私が仕出かした事実」として在り続けるのです。
　わたしたち一人一人は、多種多様なテクノタームやテクノロジーを、トレードや分類に活用したり、コミュニケーションや道草の準備としたりしています。

　芽生えた情報が偏執で隔離され、浮かんだ思考が虚偽で量産される風景は、日常の会話やデジタルワールドの表現、身の回りの暮らしの場面の趣になっていることでしょう。
　世代を越えてきた現在地で、「魂が抜け出す最初の息」を、「野辺を送られる直前の時を焼き尽くす焔」に、

わたしは見ました。

「魂が吸い込まれる最後の声」は、聴かれていません。

　わたしは、着替える度にたくさんの人格と会えますが、この身は、「二人目のエイリアンのわたし」と会えません。

　計測された範囲や構築された道具を、精緻に組み立てても、「あなたの世界には成り得ない」と、わたしは実感しているのです。

　それらの形姿が、どれだけ精密で、とっても魅力的であっても。

　境とは、膜か、壁か、言語か、はてまた、無重力か。

　地上で激変するホモ・サピエンスの進化自体が、極限環境かもしれません。

　沈黙する天体に微生物が茂るは、不思議ではないのです。

　わたしの知性は、水に手を加えたがりますが、微生物たちは、水と馴染む知性を創造しているでしょう。

　水は、身体に頼らずに運動していますが、身体の発生を待っています。

　彼らの生存戦略も、そのマーケティングも、他者の声を嗅いでいることでしょう。

　言葉は、時々に対立のツールに使われ、時々に懇談の証とされ、時々に断絶の悲鳴になっています。

　様々なお世話や手立ての様式をした言葉が使用される場所と時刻に、あなたの生活リズムが閉じ込められたり、わたしの熱さで焼かれた言葉が、あなたを無視したりします。

　言葉は共通であったとしても、それぞれの感覚とは別物であります。

　思惑通りの完璧な言葉にならないからこそ、体臭を放つ言葉が、それぞれの生活の作品に成れます。

「越えて来た」

「言葉が挨拶している」

　そこかしこの暮らしから、この自分が剝がれて、舞い散りました。

Ⅳ

むかしの自分に話しかけてみました。

働くと疲れます。

骨を折るとは、何かの役に立つこともあれば、健康を保てず病気に気づかないで居るようでもありました。

わたしは、そんなふうに働き、欲するままとの「抗いの溝」を急ぎ歩きしてきたのであります。

だから、働くことを愛で、この身の汗の世話を怠ってきたのです。

営むと道筋が見えてくるものです。

それが縦糸になって、わたしの働く仕方の横糸と重なります。

ずっと、わたしの織物は、縺れ、結ぼれのまま、ほっておかれたようです。

だから、営みを振り返り、この身の皺の手入れを怠ってきたのです。

いつどこで、個体はほころび、どのように育ちますか。

いつどこで、一生はこぼれ、どのように伝えますか。

そのいのちは、わたしたちの有性からの贈物か。

無性より生じた胚が育む営みに学べる恵みもあります。

雌雄であろうが、クローンや万能細胞であろうが、工学的な操作であろうが、異なり合う状態の因子が出会われて、新鮮な生命の花が誕生したのです。

その匂いは、人であったり、魚であったりします。

性を弄び、身を愛しんでこなかったにすぎません。

あなたと遊んだのですか。

わたしは、自分と遊んだだけなのです。

いくつもの自分を匿名にしたのは、わたしです。

愉快じゃなく、酔いどれだったということ。

だから、わたしが罪に会えていないのです。

望みを摘んだのは、まぎれもなくわたしなのでした。

都合の良いシステムがあったのです。

人間たちが築き上げた社会生活で、わたしがある一定の場所に隔離されるわけではありません。

多様な隔離部屋を、わたしは移動して暮らしてきました。

その移動手段を、人間が整備したわけです。

その部屋は、保護施設と宣伝されていたりします。

わたしの日常は、解放感と依存心の詰め合わせでした。

そこに居る拘束感とそこで振る舞える自由度を、眺めていたりもしました。

電車に乗ろうとするトキメキ感と、乗らざるを得ない

キチキチ感を経験したものです。

　動く箱部屋が電車なら、わたしは歩くことなく、気晴らしに、何かを弄ったり物思いに耽ったりしました。

　そんな部屋を渡り歩きながら、この身のいのちへの挨拶を怠ってきたのです。

「今朝も、おしっこがようでるなあ」

　この頃の自分が、夢で語りかけてきたり、ふと、何気ない日頃の場面で、顔を覗かせたりします。

　幻覚や妄想は、わたしが「あなたの介入」を受け止めることに、あなたに伝えようとすることに、支障を招いていることでしょう。

　その原因を医学的に説明できることと、出来ないことが生じているという、人の科学や思考の常識があります。

　わたしは、そんな自分が経験している実情を感じているのであります。

　わたしの気持ちが、揺らぎ、亢進し、萎えたりもします。

　あなたが感知できないものが、わたしには現れていた

り、その逆も起きていたりします。

　そして、わたしは、あなたの介入で刺激された自分の所から、あなたの状態を創作します。

　あなたも、わたしに、同様なことをするでしょう。

　わたしは、向かって来るあなたの介入を記述しながら、思いに馳せることもできます。

　あなたも、そうします。

　わたしたちが日常で使用している言語様式の約束事で、それぞれの「私」が感じ思っている気持ちを伝えられないこと、言葉が見当たらないという感覚を、わたしたちは、持ち合わせています。

　この経験を交信し合う居場所が見当たらなかったり、はじめから鍵を閉められていたりもします。

「できるできない」

　言い訳は、聞きたくないのです。

「するかしないか、したかしなかったか」、口にすれば済むのです。

　上手くいかないことがたくさんあって、まれに「これでいい」と、実感してみたりします。

　これが、わたしやあなたの関わり合っている「わたしたちの世界の成り行き」なのです。

　こころが働いています。

　わたしたちは、いろいろな機能や道具の限界と、日常

的に接し、感じ、思いを寄せたり、気持ちに振り回され
たりしています。

　わたしも、あなたも、その場に置かれた機械じゃあり
ませんから。

　ここに居るわたしも、あなたも、言葉を身振りにしま
す。

「今宵も、おしっこがようでおる」

　排尿した体感は、ゆめか、うつつか。
　この生きているという感覚は、幻想か、幻惑か。

　日出ずる国があります。
　陽が昇る国は、日本だけではないでしょう。
　国があるところの日常で、いつでも、陽が昇る光景を
見られているわけでもありません。
　あれは、日本人がこの国の歴史で経験した固有表現の
一つなのでしょうか。
　人は、様々な固有表現を創作し、その経験の差異に気
づき敬うことができます。
　人は、ある一つの固有表現で、世界を説明することも

できます。

　食糧が隣の国や地域に戦いを仕掛けるきっかけになっ
たり、技術が様々な兵器や虚偽の様式に応用されたりし
ます。
　原産地や投稿者が特定されようが匿名のままかは、ど
うでもいい手続きなのです。
　人は、自ら確かめ、功罪を体感しています。
　黙り込んだり、手足を伸ばしはじめたりもします。
　食べ切れない食材や使いこなせない情報が、国のあち
こちで、あちらこちらの人の暮らしに降り積もっています。
　積み残された概念の死骸のように。
　余剰は、隔離されても、大地に染み出ることを許され
ない汚物なのでしょう。
　それでも、食糧はいのちを育み、技術は土壌を耕せま
す。
　経済は、競争や所有のためのルートをどうにかする以
前に、いのちの文化であります。

　わたしは、加害者であり被害者であり得ています。
　紛争や災害においても、そうあり得ているのです。
　誰が悪魔で、誰が英雄か。
　偶像に、人々や自然の暮らしに起こった破壊の正当性
や侵略性を代表させても、わたし自身に両義性はあります。

　体制に支配された側であろうと、支配した側であろう
と、その場所にわたしは暮らしていたのです。
　過程が、どのようであったかの問題ではありません。
　わたしが加害者だけに、わたしが被害者だけにはなり
得ないのです。
　法廷の手続きの話題ではありません。
　わたしが偶像に破壊や清算について云々できるのは、
いま暮らしているからでしょう。
　わたしは、破壊されていないということ。
　戦場や日常を耕すことができるということ。

　自由とは、孤独で孤立していることです。
　それが嫌で、何かに縋ってどうしますか。
　不満を口にしたところで、もはや、その口は自分事で
はないのです。
　縋った先の口が、仕出かしたことになります。
　わたしは、自分以外のいのちと会いたいのです。
　このわたしが、はじめから他者でしょう。
　だから、この場から越えてゆけます。
「やれた」
「果てた」
　自由なのです。

　日出ずる国を拡張することも、そこへ遊びに出かける

　ことも、「人、人、人」は、してきたのです。
　どちらも、わたしには、選んでこられたということ。
　いま、わたしは、選ぶ前の日常を過ごしてもいます。
　何も望まず、何も畏れず、何も祟らず、自分が楽になるためでもなく、あなたのためでもない。
　そのように祈るのは、とても難しいのです。
「一緒に居たい」という呪いもあります。
「独りで居たい」という憧れもあります。
　陽が立ち昇る姿に、「おはよう」と手を合わせるわたしがおります。
　東雲の暗い赤色が辺りに開け、橙色の輝きが顔を覗かせはじめる移ろいの眩しさ。
　そのときを見過ごした自分に黙認したり、そのときに出かけたりするわたしがいます。

　むかしの自分といまの自分が話をしていました。
　いくつかの自分が、瓶詰のジャムになりました。
　イスに腰かけ、テーブルの瓶を眺めています。
　わたしは、ここで今の日を迎えたのです。
　わたし以外、だれも近くに居ないと分かります。
　ジャムの後味が、沁みてきました。

V

気は晴れず
重たくなって沈む朝焼け
気だるい昼下がりの生臭さ
はじめて見る夕暮れ

空を流れる雲のように
こころは墜ちることなく雨は降る
地べたより湧く風のように
しあわせは吹く

日常の広がりに
ときの骨格を露わにしながら
急峻な谷が底を押し流しています
自分の光景を眺めている朝

昨日の自分は
消える怖さを憶えていないでしょう
ここに居る自分は
引き摺り出される怖さを覚えています

記憶ではありません
生きている自分です
気は雲と流れ
雨粒にしあわせが照り返す

VI

　テレビからニュースが聞こえてきて。
　スマホに並ぶ多彩なタイトルが見えてきて。
　街並みを歩きながら。
　カレーライスを食べている席で。
　いつものようにトイレで立とうとした時に。
　ふと、自分が仕出かした場面が蘇ってきます。
　辛くなることが、ほとんどです。
　最近、涙が出ても、笑わなくなっています。
　気持ちの整理が付かなくなって、混乱している自分に
会ってしまいます。

　思うに、核兵器に生物兵器、化学兵器に情報兵器、ま
た、経済や政治のシステムも兵器となり得ています。
　では、最強の兵器とは、いや、最悪の攻撃とは。
　人間一人一人の偏執した欲望でしょう。
　形状を整えて攻撃の端緒となったのは、欲望兵器です。

　人口の増減が、市場となり狩り場になったりもします。
　一人一人の生活ではなく、その総数が武器となります。
　人は、狩り場にも、牧にも、出会えています。

　森から来た人や、空を越えて来た人が、邂逅を味わっ
ています。

　そう言えば、システムやその体制が、民主的な手続き
なのか、専制的な手続きなのですか。
「手続きの相違が問題にはならない」のです。
　システムや体制が、地下茎のように人間や生物の生態
系を見守り、支えになり得ているのですか。
　それとも、手続き自体が、一人一人の生活活動や自然
の生成活動を圧迫しているのですか。
　この辺りに、攻撃を仕掛け兵器を使用する偏った欲望
への正当化が、透けて見えるようです。
　その現象を、わたしたちは、権威的とか、覇権的とか、
抑圧的と形容し、「手続きがシンボルになった」と、感
じ入ってしまうこともあります。

　山地酪農のような生産、製造、販売のシステム、そん
な暮らしは如何でしょう。
　そうなのです。
　自然環境の内側で、人間と生物の付き合いが生態系や
風土に馴染んでいませんか。
　もし、人間のすべての経済活動が山地酪農のようであ
れば、紛争は起こり得ても、和平の草が靡く原から、人
間は、脱落することはないでしょう。

　国家戦略的、巨大企業主導的な経済活動が、風土を破壊しつつ、その根源に風土から離脱してしまった「人間の生殖と消費」が関与しているのではと、わたしたちは振り返りできるのでもあります。

　地球温暖化の制御や資源保護の代替は、大量消費と大量搾取を前提としたシステムの改革ではなく、人類の優位性を保持するための微調整の取り組みなのでしょう。

　性の中性化や多様性は、人類がガイアの生態系と付き合いながら起こし得ている身体の自己表現型と、読み取ることもできるのです。

　デジタルワールドでは、地域や時間の距たりを超えて、自由に個々人が繋がり合えているようです。

　それは、デジタルワールドが時空の断面を構築したから、そこでは場所や時刻の制限を排して、交信しているというあり様でもあります。

　そのような断面を、症候群の地域性、固有文化に依存的な普遍性、生活の様式の個別性に関わる概念の設定にも、見つけることができます。

　すべての細菌やウィルスを清浄すれば、感染症は無くなる断面はありますか。

　すべての文化や個性を監理監督すれば、風土病や精神疾患は無くなる断面はありますか。

　感染と予防の関わり方には、病原に対してではなく、

人の暮らし方に対する排除と配慮が絡み合っています。

　それでは、身体は、何故、自ら死すことができて、それを自然と、ヒトは言えるのですか。

　時空の断面では、境界を越えて自由に交信できたとしても、人間は、そこにずっと居続けたりしません。

　ヒトが装飾した色とりどりの疾患や障害は、風土的で普遍的で、社会的で家庭的で、個別的な装いをしてみせますが、それは一人一人の日常の生活現場での出来事です。

　足元には、断面ではなくて、自分の汗がこぼれる日常の地平が開けています。

　わたしは、時の色気に酔い痴れ、時の生々しさに圧倒されもします。

　わたしが感染症に罹るのも、気持ちが塞ぎ何もできずに居るのも、敵にも味方にも成れるウィルスや文化の生成変化があるからです。

　腸や脳、生態や風土が学習し伝言することを、わたしは少しばかり邪魔できても、その躍動を壊してしまうことはできないのです。

　そんなことを仕出かしたら、わたしが生物や風土を工作する羽目になります。

　兵器には、高度の殺傷能力が求められています。
　病原菌や疾患には、致死率の脅威があります。

　わたしたち個々人の生活様式や地域別の社会様式が、世界とのふれあいを制限し、ガイアとの会話を書き換えていたらどうでしょう。

　そうなら、上書きによるデリートとフェイクです。

　わたしの身にも生活にも、予備力が培われません。

　もはや、だれかと会う機会に出かけた自分がおりません。

　わたしは、時刻表通りに作動する自分自身の人形です。

　自分がデジタルワールドの断面となり、人形がその時空で振り付けされたままに踊っています。

　そのような様式は、生活兵器でしょう。

　虚は、実と付き合っています。

　人は、実像から引き裂いた虚構を作ります。

　実を都合よくコントロールしたくて。

　はじめは将来への期待や願望、この現在のファンタジーの姿をしていた虚が、過去の偶像に装飾された現在の孤児という実になったのです。

　あなたは、生態のかおりと出会われて「したいこと」をやり遂げたことでしょう。

「自分のために」と、あなたに話すわたしもいます。

　物質になるこの身と呼吸するこの身に、わたしは生態の営みで出会いました。

　はじめから「何かのために」とは、虚構なのです。

　そんな欲望が、多彩な兵器となりました。

　かおりを嗅ぎたい素肌を侵食して、わたしをガイアの孤児にします。

　わたしという実は、虚のかおりを迎えられます。

　虚に成り得るのも、わたしです。

　眼の前に立ちはだかる他者に、攻撃を仕掛けるのです。

　自分の中の戦慄がエスカレーションし、無軌道に膨れ上がる恐怖心を抑止することが、欲望となりました。

　眼の前で「息する異物」を隔離し排除するために、わたしは、自由に感じられる自分自身から隔絶されました。

　アパルトヘイトも、ジェノサイドも、最初にわたしが自身にしたことなのです。

　そんな欲望を擁護する手続きが、その場で合理的に説明できても、その言説で焼却され続けているのは、このわたしのファンタジーです。

　痛みや怖さを感じることも、すでに停止しています。

　こんな欲望の悲鳴は、わたしから外へ出られません。

　国家や企業の煌めくヴィジョンに喝采することも、生々しい欲望に熱狂することも、身近な出来事でした。

　お互いの自分を攻撃し合うか、体制の覇権を破壊するか。

　どちらの状況も、特異な日常ではありません。

　それでも、あれこれ振る舞う自分を越えた場面が、思

い出されたりします。

　わたしは、「ハロー」と、手を挙げていました。

　そこへ、出かけて行けたのです。

　克服は、希望ではなく、挨拶をしてきています。

　愛が銃口を向けてきたら、とてつもなく怖いのです。

　絶望の鎧に包まれた希望という不幸の体現です。

　愛が、銃を手に、弾を放つ。

　もはや、兵器には成り得ません。

　纏れて深く編み込まれる悲しみが、大地に血をたらし、願いが黒い染みとなりました。

　わたしは、任務ではなく、もちろん、駆け引きや名誉や果報のためでもなく、銃を肩にかけて歩き続けます。

　そこは、故郷であり、家族が暮らし、野山を鳥たちが渡り、森が香り、川の水が海へと注ぐ大地です。

　わたしには、草や花と同じように、色づき、においを漂わせ、陽に照らされて光る生身があります。

　その姿は、雁や鮒、向日葵や蜜蜂と一緒に、この大地のひとつの出来事になっています。

　もし、わたしが死すことを拒んだら、わたしは生きていないことでしょう。

　はじめから、わたしは生まれていないことになります。

　わたしは、何ものとも出会わず、何も語れません。

　死すことも、生きることも、わたしを飛び越していくようです。

　思い起こしてみましょう。

　死は、この身の営みから放たれて伝えること。

　生は、伝言をこの身で受け取ること。

　わたしの一生で波打つ脈の絡みです。

　わたしたちは、地域や時代を越えて、ここにやって来ているのです。

　数千年も以前の書物や史実、語り継がれた暮らし、野山に刻まれた悠久から、わたしは、体感し、学び、語り繋ぐ場面と出会われます。

　日々、どこで経験しているのでしょう。

　そこは、牧場や工場や売店ではなく、牧であり小屋であり手渡し場なのです。

　人間が支配し、自分自身が繋がれてしまう。

　そんな時空の断面は、生態系より表皮剥離した人間しか居られないゲットーなのです。

　隣には、人間が間借りし、おじゃましては「またね」と去ってこられる里があります。

　物質たちは、お互いの動きの形を変えてゆきます。

　生きものたちは、自分と相手のいのちの形を変えてゆきます。

いのちの働きです。

わたしは、その現象を科学することも、改ざんすることもできます。

争いは起きますが、起こさないように対話することと、終わらせる決議とは違います。

わたしは、いのちの形を変えることで、料理して口にできます。

わたしは、物質の形を変えることで、家を建て住むことができます。

この身は、刺身を食べて代謝して排出します。

この身は、湯を張られた檜の匂いを受け取っています。

ここに居たい、あなたと居たい、雨や風や陽が気持ちいい、こんな感覚に解釈は馴染まないことでしょう。

手を貸してと頼むこと、何かしてあげたいこと。

「これだ」と、命じていることとは違います。

「だれも入ってこないで」と。

わたしは、自分だけ先に、あなただけ先に、ここから外には出られては悲しいのでもあります。

自分に成ろうとする働きを阻み合い、ここから息が漏れないように欲したのです。

わたしの暮らせる里があるとか、わたしの出かけられる森や浜があるとか、わたしの息できる空気があるとか、わたしの飲める水があるとか。

わたしは、何かをする前に考え、結果を報告します。

　わたしは、終わりや望みを書き換えることもします。

　わたしが住める前から野山はあり、わたしが居なく
なっても野山は、変わり続けています。

　わたしは、できることの全てをします。

　全てを、果たせたわけではありません。

　そうなり得た喜びも切なさも、わたしの生き様です。

　この場に起き得た全ての輝きと、起き得なった全ての
薫りの記憶は、この肌に刻まれる皺の模様になりました。

　人間であり得る色んな様を、わたしは行ったのです。

　これからも、繰り返すことでしょう。

　人と話すのが苦手で、会うこと自体、怖がっているわ
たしもここに居ます。

　こんな一つ一つの自分を発掘し得たから、わたしは語
り出しています。

　自分と折り合いを付けたくて。

　誰かに会いたいと、欲してもいます。

　わたしは、人間なのです。

VII

「もっともらしい言い方で、あなたを払う」
「もっともらしい言い方で、あなたを保護する」
「もっともらしい言い方で、あなたを先導する」
「もっともらしい言い方で、あなたを讃える」
「そんな言い方も、そんなあなたも」、このわたしのたわいない「いつもの日々」で、目撃しています。
「人の罪だ」と言っても、自己憐憫でしょう。
　そう言えることが、わたしの欺瞞なのです。
　わたしがどう暮らしているか語れるとすれば、そんな出会いを「だれかとわたしが起こせた」ということでしょう。

　わたしたちは、錯誤しているようです。
　特定の場面で、シンボル化された手続きが噴き出します。
　そのようなイディオムは、診察や介護の場面でも、保育や教育の場面、レジやデリバリーにも使用されています。
　行政の窓口や法廷の審議でも、国会でも。
　交渉や協議が、イディオムにシンボル化されたのです。

　その場面では、自分がマジョリティ側に立っていて、隣の場面ではマイノリティ側に置かれています。

　こんな入れ替えが、一日の内に何度も起こるのです。

　用意されたイディオムに話しかけ、言葉を使った自身を、現場に絡むいくつかの文脈の中で振り返っていません。

　シンボルは、「手に触れ、持ち歩き、書き換え」できません。

　わたしたちは、自分自身や他者、様々な現象からシンボルを感じ取り、その輝きを想像することができます。

　もし、一人一人の体感や言葉を、あるシンボル化されたシステムで上書きしたりひと包みにしたりすれば、わたしの日常の仕草は、どうなるでしょう。

　シンボルが一人一人の生活に移植され、システムから延ばされた糸に絡まれている生活習慣が、わたしの暮らしの場面から多彩さをデリートしている筈です。

「死んで、戻って来られるか」と、問うてみました。

「生まれた前にも戻れない」と、気づきます。

　葬儀会場でも分娩室でも、生身が主人公であって、わたしは、まだ居ないのです。

　毎朝、同じ所を歩き、勝手な時刻に仕事をはじめ、記憶は残っても、昨日の場所と時刻に居た自分には戻れません。

　明日も、「いつも通りだろう」と分かっていても、い
ま、明日の自分には会いに行けません。
　細胞が日々再生していても、昨日の細胞はすでに居な
く、明日の細胞はまだ居ません。
　生命が、その身で時を摘んでいるということ。
　このいまに、生と死が重なり合って、どちらでもない
ということ。
　誰にも、決められないということ。
　生きるとは、いのちを迎えに行くこと。
　死すとは、いのちを送り出すこと。
　この身が全体を送り、この身が全てを迎えます。
　伝えきりたいということ。
　聴きとりたいということ。
　わたしは、そんな現れの手前で支度中です。
　裸足で地べたから芽生えるいのちを踏みしめて、素肌
で去り行く風を嗅いでいたいのです。

　この指で差すか、この指でなぞるか。
　デジタルか、アナログか、その装置の手際か。
　背景からある一つをはっきりさせたり、ぼやかしたり
するか、一つから背景に近づいたり離れたりするか。
　どれも、生身がしていることでしょう。
　わたしが、勝手に装置を操縦していたりもします。
　デジタルにも、アナログにも、イメージは起こります。

　ただ、「この身はどうしていますか」と頬寄せなかったら、わたしは、自分の脳が「そうだ」と言わせたと思い込み、感じている自分を切断したにすぎません。

　どんな伝言も、地面に指で描くような痛みを伴います。

　そうでなけりゃ、嘘か本当か、問われる事態が起き得ないことでしょう。

　事実が、どこに隠されたか、追跡できません。

　息しているのが一杯一杯のわたしの仕草なのに、「いつも明るくて」と、感じて頂けるお方がおります。

　死にゆくわたしは、元気なのです。

　もみじに驚いて、「綺麗だ」と。

　葉っぱのそばまで、寄って行きました。

　渋く乾いた赤い葉と透けるように輝く赤い葉のグラデーションに、目を奪われました。

　少しして気づいたのは、隣の木々から葉が落ちて、裸の枝になっていたことです。

　わたしは、「何もイメージせずに眼を向けられるスマホのカメラ」だったようです。

　コンテクストをすっかり削ってテクストの出生現場に蓋をしたり、テクストに厚盛りを重ねてコンテクストから表現当事者を追い払ったり。

　パフォーマンスのすべてが出所不明となって、スマホに引き摺られているのは、いつものわたしでした。

「さようなら」

　わたしの指は、「差すか、なぞるか」、どちらかに居られないから、どちらからも声は響いています。

　欲望が、爆走しています。

　手を伸ばしたいのに、あたりの混沌を片付けてしまう。

　忘れる力が、欲望を覚えることを諦めさせたのです。

　思い込みが、ひとつひとつの細胞のメディアとなり、こだわりの反復が、この身の中でぐるぐる回っています。

　わたしに抱きつかれてしまった「こころの表情」だ。

　フレーズで主人公をすり替え、話を聞けないと、自ずと暴き、ひとつひとつの反応が怖いから、定期更新される図式に、気持ちを埋め込んでいるにすぎません。

　ひとつひとつの主人公の背景の街並みや人込みに止め置かれているのは、仲間外れになった身勝手なわたしです。

　これが、ゲームの成果物なのでしょう。

　生理的な、あるいは心理的なメカニズムで、説明されしまう内容があります。

　その記述に、生活が置き換えられたら、どうでしょう。

　わたしには、気持ちが無いということ。

　人が作り、このように働くと帰結した機械が、わたしとなったら、そのメカニズムは、ひとひらの細胞やしず

138

り雪の風情とは違います。

　不可思議な事態と暮らしている感触や、そこから逃げ出そうとする自身の質感と、わたしはここに居られています。

　こころが湧いているのです。

　いつものような場面に居合わせて、驚くことも、うっとりすることも、近頃のわたしにはありません。

　何ものとも、会っていないのでしょう。

「ときめいたり、しっとりしたり」

　時の肌ざわりを感じてみたい。

　日付の並んだノートにバイタルサインが毎朝記録され、薬が減って、診察日の予約票が繰り返しゴミ箱の中へ。

　わたしの時間がすり減り、そのスピードが速くなってゆくようで、堪らなくなります。

　夜の明ける色合いのにおいを眺めていたら、気持ちがふんわりしてきました。

　永遠を味わっているようです。

　ときがずっと流れきていて、ずっと流れてゆく、そんな感じではありません。

　このいつもの光景に放たれゆくわたしが、香っているみたいです。

VIII

　出口を示すとは、どのようなことでしょう。

　ハエ取り壺に落ちたハエは、出られないようです。

　タコ壺に嵌ったタコも、同様です。

　人にとって、出られてしまっては困ります。

　駆除できないし、食材になりません。

　それは、罠なのです。

　では、入口は、あったのでしょうか。

　はじめからなかったと、言えます。

　罠ですから。

　出口を塞いだように見えるのが罠なら、入口だけを見せ付けているようであれば、騙しかもしれません。

「ここからどうぞ」と口を開けているように装っているのは、誘拐であったり、隠蔽であったりします。

　出口が見つかることはありません。

　はじめから、何ものも「入ってきてはいない」のです。

　落っこちてしまったのか、迷い込んでしまったのか。

　考え込んでウロウロしていたら罠に嵌ったのか、話しに夢中になっていたら騙しに成ったのか。

　出口も入口も、示されないのです。

　そんな状況で、出られずにもがき、入口を思い起こせ

ないわたしがいます。

　幼くて状況を知らされていなかった、わたしがいます。
　参政権の実態が曖昧な社会で暮らしている、わたしが
います。
　ただ、熱狂している、わたしがいます。
　ひたすら、主張しつづける、わたしがいます。
　黙りこくる、わたしがいます。
　耳に蓋をする、わたしがいます。
　現地に居られる、わたしがいます。
　遊牧する、わたしがいます。
　港には、出入口が設定され航行のルールがあります。
　公園には、出入口が表示され入退の手続きがあります。
　では、海に入口は、はじめから示されていましたか。
　はじめから、森に出口は、示されていましたか。
　自宅には、玄関が一つだけあります。
　毎日、出入りするわたしがいます。
　玄関がそこに設置されていること自体に、変わりはあ
りません。
　わたしが、そこを利用する手順にも変わりません。
　いまのところ、玄関の様式、身体の図式とイメージに、
変更は生じてないのです。
　でも、玄関の整理整頓の状態には、変わりがあります。
　わたしの気分にも、変わりがあります。

　玄関は出入口ですが、その行為をするわたしの装いも、わたしを出迎える玄関の装いも、いつも同じではあり得ません。

　わたしは、そのような仕様で玄関を通過します。

　時々、どこへの出口だったのか分からなくなったり、どこへの入口だったのか気づけなくなったりします。

　思えば、法律に照らし合わせる筋書きがあります。

　この身の実感に、揺れては支えられる現状があります。

　わたしは、感じ入り、思い悩み、考え込み、行いに迷い、時々に言葉を断ち、時々に挨拶をします。

　裁判は、「公平に裁く機会」でしょうが、わたしは、「事実の記述を実現する審議に参加する一人」であります。

　裁判は、そのような仕方で「裁きの一つの出入口の形態」を明確にしているのであります。

　何かしているわけではなく、「何ものか」と窺っているわけてもなく、「ぼーっと」しているわたしがいます。

　何も指さず、何もなぞらずに。

　「そうね」と吐き出して、そのひと時が過ぎて行きます。

　身体では、細胞の一つ一つが自ら生成消滅しながら、体調を整えています。

　そして、「生命の時に間を」、自ずと刻んでいます。

　わたしは、「何もので何ができるか」と問いかけなくても、この生身とお話ししたのです。
　ことばが目覚める手前で、辺りの息たちの彩りに触れられたのです。

　サザンブルーズを聴いてきたわたしが、津軽三味線や三線、二胡やホーミーの音色にうっとりします。
　似通っているとか、異なっているとか、範囲を整理整頓する暇はありません。
　音に「貼り付けられていた罠」から、解放されました。
　愉快なひと時が、湧いたのです。

　出口が示されました。
「入口を振り返られる」ということです。
　入口は、出口と同じではあり得ません。
　わたしは、感じたのです。
　わたしは、考えたのです。
　わたしは、動いたのです。
「生きている」と咳いたのは、わたしです。

IX

　親であるかは、あなたが決めています。

　子であるかは、わたしが決めています。

　では、親はあなたの私物ですか、子はわたしの私物ですか。

　そのような関わり合いがあるということ。

　もし、お互いに私物化してしまうとすれば、わたしたちは、自分自身の勝手で、親とか子になり得ている人間を所有したにすぎません。

　もはや、その人間には、親や子である以前の可能性が打ち消されています。

　ミームは、この細胞のDNAではありませんが、エピジェネティクスと関わり合っています。

　ミームが、わたしの生活場面にいくつもの荷札をつけてくることもあります。

「いくつものある所属に、わたしは持ち運ばれたのだ」

　標的に照準を合わせ、「一発で苦しまずに殺せるスナイパーの札」をぶら下げたわたしが、森の中にいます。

　賞賛される前に、使命に憑かれたわたしが、街に戻り

ました。

　スナイパーの悲劇のはじまりです。

　わたしは、銃を置いてもスナイパーのままです。

　絶望から、とうに見放されています。

　そちらに出かけては、ふれあう、それまでの沈黙が打ちのめされています。

　ふれあいが醸成する沈黙の森で、わたしは蕾を踏み潰していました。

　完全自動運転とは、運転代行をロボットがする車輌のことですか。

　それとも、人が運転することを認めない社会システムのことですか。

　公共交通がロボット車輌となって、「人は運んでもらう荷物」なのでしょうか。

　事故が起きないように運転者を、「サポートするロボットと交通管制のＡＩ」なのでしょうか。

　人が運転をやめたとしたなら、テクノロイドのアバターがわたし自身になるかもしれません。

　戦争も、わたしではなくアバターの出来事と成り得ます。

「アバターが自分自身だ」と、告白したのはわたしです。

　笑っているのは、わたしか、アバターか。

　区別などありません。

　仰げる側にいる限り、わたしは、痛みを感じなくて済まされています。

　言語が、母語とか、公用とか、共通とか、私的とか、そんなふうに括られたらどうでしょう。
　車道や歩道、橋や杣道を車両や脚が移動するように、人の言動は行き交っています。
　ＡＩが処理すれば、便利なのか。
　言語は、わたしの凶器になるのか。
　括られた言語は、指定された場面の約束事にすぎないか。
　人は、この身の声が言語になり得ると信じたとき、「行き交うお互いの暮らしぶりの違い」を分かち合えます。

　スピリチャルペインは、まわりに響き、その振動音は、死後に増幅することもあります。
　ソウルフードは、その場に根を張り、その同一感は、死後に強靱になることもあります。
　思いが、それぞれの人の感傷の暇に、積もっては流れ出して来ます。
　生産や物流も、金融や消費も、情報化されます。
　そのメカニズムが社会のシステムとなり、地表に覆い被さっていたりします。
　痛みを感じ、物を食べるには、暇と会うのです。

　メタバースやディープフェイクにフリーダムが起こされているとして、そのような事態を、わたしは世間話や噂話、占いや呪い、神事や儀式という日常で、すでに体験してきています。

　情報は、目に見えたり見えなかったり。

　その記号とシステムは、物質であったりなかったり。

　伝えられたと感じ、それを表現するわたしもいます。

　もし、システムが、わたしの生活地で支配的に振る舞っていたらどうだろう。

　時にはあからさまに、時にはとても幼く、時には役を演じ切って、時には舞台袖から、介入してくるのです。

　そんな仕方の巧妙さを競うゲームとなって。

　もし、わたしが、すべての菌を洗浄していたら、この身から免疫を排除したにすぎないでしょう。

　この身の外に出たわたしが、情報で生命を作り上げたことになります。

　わたしは、生身の生活を情報に置き換えました。

　わたしは、情報をシステムで支配したのです。

　では、そのような支配は、牧に根づくのだろうか。

　牧の呼吸をどうこうする前に、「情報は息であった」と、知らんふりしているわたしの肌身に滲みています

　メタバースは、草木にも糞尿にもなれませんが、いに

しえより、葉も水も、物質を贈り生命を創ってきています。

　ＡＩに、免疫はないのですか。

　製造者が、免疫ですか。

　この身の製造者は、わたしではありませんが、無茶をしたり手入れしたりするわたしもいます。

　これから、どこで暮らすのでしょう。

　森に帰りますか。

　都会を彷徨いますか。

　タイムラインの中で背伸びしますか。

　薬やサプリメントで生き延びますか。

　再生や編集やマシーンで身をアンドロイドにしますか。

　死亡日と誕生日を自分自身でセットしますか。

　公園に牛を放してお手伝いしますか。

　そこが野山であった記憶はありますか。

　画面の切り替えで変容する情報はありません。

　点滅したということ。

　人は、野山に放たれていたということ。

　テクノロジーで着飾ったわたしが、野の風を避け、麓の避難小屋に運ばれていることでしょう。

　でも、テクノロジーを活用しながら、野山へシステムを伝えたい思いが、からだにはあるかもしれません。

　ミミズの消化のように。

　川の流れのように。

　この身の報せの知り方を、わたしは選ぶことができます。

「朝ごはんはまだか」
「これよ」と配膳され、「待ってました」と。
　夕食は「パスタにしますね」と言われて、「その気分じゃないよ」と。
「明日は」と訊いたら、「No Plan」

　食材は、どこから来るのか。
　調理するその手は、どこに居るのか。
　いま、わたしは、ここに在るか。
　はっきり言えません。
　なんか、不思議です。
　流れ着いた思いに、ふるえています。

　食べものを見ていると、食べられなくなりました。
　そういう頃合いになったのでしょう。
　夕食をイメージしただけで、食べたくなくなるのです。
　人が食べていなかったら、わたしは生まれていません。
　わたしが食べていなかったら、死すこともありません。
　殻を割って出てきたヒヨコを育てるのか、育ったヒヨコの狩りをするのか。

　わたしは、どちらもしたことがありません。

　それでも、目玉焼きを作り、焼き鳥を買って帰ったものです。

　わたしの摂食が、生きた贖罪の形なのでしょうか。

　食べられないとは。

　食べ過ぎたのでも、節制しなかったからでもありません。

　生きものを食べてきたことに、今朝も生きものを食べることに、わたしは疲れているのです。

　あの潟の形成に、あの化石燃料やレアメタルの生成に、木の実や蛙の誕生までに、何億年経過したのでしょう。

　すべてを食べ尽くし、使い果たしたら、すべてが人工的に製造されるということですか。

　この地球には、人類だけしか居ませんね。

　わたしは、その一人なのです。

　そしたら、自ら死にますか、自ずと殺すのですか。

　食べなくて済んでも、わたしは息を吐いています。

　この人生も、森や海の栄養素に成り得る筈ですが。

　食卓で生きものたちの生き死にと会うのが、辛いのです。

　ゴミ箱が、茶毘への入口となりました。

　清掃工場が、お焚き上げの煙の出口となりました。

　人の生身は、どうでしょう。

　戦場や市場で、清掃工場は、どんな姿形をして居られるのでしょう。

　人は、そのように暮らしながら、祈りを忘れません。

　罪責であったり、保身であったり、生き延びるためであったり。

　時には、隣のいのちが懐かしく、慈しみたくなる気持ちになれます。

　祈りが、言葉という仕草になりました。

　森の中での経済ですか。

　森の外での経済ですか。

　森に出かけて空地で消費して。

　森から持ち出して市場で消費するために生産して。

　余りが土に還る手入れをする森。

　余りが空へ昇る煙になる市場。

　不便さに慣れないのも狎れるのも、わたしです。

　不便さを改善するのも慈しむのも、わたしです。

　わたしは、どちらの場面にも行き来します。

　わたしは、どちらにも同時に居られません。

　そんなわたしが、言語を使っています。

　わたしは、そこへ行くのです。

　言語の飛び交う、その地へ。

死にたいね。

生きたくないね。

今日のわたしが死にました。

見送っているのは、わたしです。

言語の神秘にふれました。

わたしは、そうあるままです。

世界に、多彩を眺める前に。

世界に、分断を問いかける前に。

わたし自身に起こっている多彩に手を当て、分断に聴き入ってみます。

たくさんのアイコンから勝手にロックオンされるのも、ロックオンを楽しんでいるのも、すべてを取り外すのもわたしです。

「一杯あるかに見えて、一つもたどり着いてこない」

「明日は、分かりません。昨日は、忘れました」

そう呟くわたしは、いまの日に生きています。

毎日、この日から逃れられません。

切り離されてひと色な自分が寝そべっていたり、多彩な恰好をして踊っていたり。

わたしは、起き上がり、腕を伸ばし、歩き出します。

この身が、いまを越えてきました。

言語が、この身を越えて行きます。

　似通い合うということ。

　違い合うということ。

　互いに素であり得る「5、7」の性質には類似性があって、共時的に、質量に差異性があります。
「5×7=35」で奇数となり、「5+7=12」で偶数となります。

　足し算と掛け算の概念は違います。

　そこでは、類似性と差異性を「おおよそ、そうであろう」と扱えられる個別が、自覚され得ています。
「有ると在る、置くと居る」の相違があります。

　計算は、共通する概念で可能となる手続きですから、その個体の類似性と差異性を抽出した時空間では「もともと個別に存在すること」を認知しています。

　リンゴが2個、ミカンが3個、テーブルに置かれているとして、「そこに置かれてある果物の個数の合計は」と問い、「5個」と足し算できます。

　では、「リンゴが2個、ミカンが3個を掛け算してください」と、問われたどうだろう。

　わたしには、できません。

　ただし、リンゴが2個ずつ入った袋が三つあるとするなら「リンゴが6個」、ミカンが3個ずつ入った袋が二つあるとするなら「ミカンが6個」と、計算できます。

　袋と果物の違いを、だれもが知っています。
「この家庭に子供3人とペット2匹が住んでいます。こ

こに同居するものは何人ですか」との問いに、わたしは
「3人とも、5人とも」答えることができます。
　それぞれの個体から、概念の類似性が提供されつつ差
異性が返送されています。
　そこに存在する数字は、それぞれであるということ。
　そこに存在する仕方から、類似性や差異性が表現され
ているということ。
　そのような関わり合いが、現れているということ。
　名札をぶら下げられたら、似通い合うことも違い合う
ことも起きません。
　違うか、同じかです。
　では、その場から立ち去って行ったのは、何方でしょ
う。
　わたしたち自身です。
　すでに、数字は、数えられる以前の場所に戻りました。

「いつも夕食の準備ありがとう」と、あなたは言ってく
れました。
「また明日も」ということですか。
「これまで、家事はしてこなかったのだから」とも。
　あなたが口にしないことを、わたしは妄想しています。

　わたしは、被害者遺族にも加害者家族にも成り得ます。

「懲罰感情は」と訊ねられたわたしは、「死刑を望む」と、答えることができます。

　大切な人が「いまここに生きていない。これから頬を寄せられない」、そして、「会うことも話すことも起き得ない」と、命を奪われた喪失感を陳述できます。

　では、「この裁判の審理に何を望みますか」と、訊ねられたとしてみましょう。

「死刑にするように」と、わたしが訴えたら、わたしは質問に答えていないことになります。

　状況的に、わたし自身は、加害者にも被害者にも、傍聴者にも成り得ています。

　被告は、死刑を回避しようとしたり自ら望んだりします。

　最大罰が、死刑とは限りません。

　自殺や社会的抹殺が起き得ます。

　いまのところ被告であって、受刑者ではありません。

「許されざる者」として死した後も、人は生きることができます。

　わたしは、「許されざる者」の一人になりました。

　無罪は証明され、認知され得ます。

　無実は、沈黙しますか。

「永遠に」という札を貼られて。

　審理対象となった事実は、起きたか起きなかったか。

その事実に、被告は関与したか、しなかったか。

関与の形式や内容の判定ではなく、記述できた事実です。

真実は思い浮かべられても、証明の対象ではありません。

これが、言語の振る舞いです。

わたしは、日常でそのように言語を使います。

形式と内容とは、「放つこと、結ぶこと」と思われます。

わたしは、放たれたすべてを聴き取れませんし、恣意的に結び留めたりします。

そんなわたしを忌み嫌うことも、「そのままで」と言えるのも、わたしであります。

わたしは、戸惑い、あれこれ問いかけ、どうやら言葉にできる生きものの一つです。

どこかの平原の広がりと、ふれあえたりしました。

法廷や刑務所は、わたしたちの日常の断片の一つです。

では、「審理の時間」とは。

どんな事実でも、口にできます。

語っているわたしが、聴いているあなたが、捥ぎたての事実に成っています。

自分が信じる理由で、だれかのいのちや生活、自然の営みを破壊することができます。

自分が信じる理由で、そのようなことを為さないので

もあります。

　自分が破壊した行為について、わたしは、法廷で理由を語り、審理に参加します。

　わたしかあなたの正義か、地域や世界の正義か、有罪か無罪か、どれかが優先されても、それぞれの事情でしょう。

　戦争や内紛も、体制側や反体制側も、お互いに大切なものを破壊してしまいます。

　戦争犯罪という定義は、そのような事情に起きた破壊行為それ自体を肯定し、レッドラインを越えた破壊行為を抜き出して犯罪と明言していませんか。

　分断は、地域やイデオロギーに起きているヘゲモニーではなく、日常のリエゾンの歴史に発生するランダムです。

　食事を摂ること、芸術を愛でること、探究すること。

　領域と権威、優位性と支配力を設定したのはだれで、そのだれは、はじめからそこに設置されていましたか。

　わたしたちは、いのちを奪い、新たないのちを創造し、本来の住処ではない場所に、亡骸を葬ってきています。

　自分を優先しているならば、相手の自分や自然の事情に気持ちを向けられることでしょう。

　わたしたちには、法を思考して、逢える機会を創出しきた歴史があります。

　果てなき戦いか、果てなき対話か。

　相手と自分は、お互いに言語が違います。

　お陰で、線引きすることも、このテーブルに集うこともできます。

　テーブルをだれかが用意するのではなく、だれでもテーブルを用意できることが最初にあり得ます。

　そうでなければ、自分の過ちも、自分の望みも、お互い自分の言葉にしないでしょう。

　椅子を運ぶ手伝いを惜しまないのは、敵味方になれる前に遇えていたからです。

　沈黙する蕾に、ふれられていたのです。

　許されざる者として在ることについて、その仕様を他者が決定しているだけならどうだろう。

　加害者が生きていることへの軽蔑であり、被害者が死んでいることへの凌辱であり、傍聴者が暮らしていることへの無視に成り得ているかもしれません。

　わたしは、その決定の執行人には成れません。

　法廷は、被害者、被告人、傍聴人、法曹三者、社会人の時節の事実を、明確に語り尽くします。

　起き得た事実、判決に至る事実、わたしの気持ちの事実を、知り得ることができます。

　でも、腑に落ちません。

　会えなくなったものに会おうとして、話しかける言葉を失っている自分に、わたしは会っています。

158

　まだ、覚悟していないのです。
　今朝、わたしは、許されざる者として暮らしています。
「ごめんなさい」と言わないわたしは、旅に行けておりません。

　何も語り尽くされていないのです。
「暗に示されている」と思うから、わたしは、口にしたり、迷ったりします。
　わたしは、沈黙について語れません。
　そっと耳を向けることはできます。
　その詩が、その楽曲が、その絵が、そのパフォーマンスが、その正義が、語り尽くしたか、沈黙しているか、ふれられているものは、わたし、あなたです。
　わたしたちは、お互いに話しかけるのです。
　それぞれが、そこに出向きました。
　語り尽くすと、全ては語られていない気分になります。
　語っていた自分は、全く語られません。
　示された内容は、沈黙をそのままにしています。
　感動が、いまここに、起きました。
　その自分の表現に、言語が顔を出してきました。
　沈黙に分け入ったのではありません。
　沈黙の呼吸に震えたのです。
　希望の蕾が転がりました。

真っすぐ伸びるレールの先には、駅があります。

そこまで、わたしを運んでくれることでしょう。

駅から先に、レールはありません。

まちには、道路や標識があります。

列車に乗っているわたしには、荷札が付いていますか。

わたしは、車窓から去り行く時の景色を眺めていますか。

わたしは、あれこれ身支度をはじめていませんか。

沈黙とふれあっているのです。

「じゃんけん」しましょう。

勝敗を争うこともあれば、遊びを楽しむこともあります。

そして、技と術を競う一つのゲームになります。

時には、占いや呪いのきっかけになったり、何かを決めたり選んだりするのに役立ったりもします。

お互い反対側に立ち相容れず、仲違いが紛争になることも、対立が議論や交渉を活気づける成り行きもあります。

「じゃんけん」をするお互いの生身とは、「肉ですか、心ですか」と問うたら、断絶したままになりませんか。

「グー、チョキ、パー」の中に、すべてに負けたり勝ったり相子になったりするアイテムがあったら、「じゃん

けん」は、いつまでも始まらず―いつまでも終わらなくなることでしょう。

　三つの調和を失くした「じゃんけん」は、いつまでも始まらずに終わり、いつまでも終わらないのに始まると、ずっと、問いかけ続けていることでしょう。

　わたしは、あれこれ、やり繰りしていたりします。
「じゃんけん」を始めて終わらせるのは、お互いの生身です。

　その身には、肉と心の断面が交じり合う全体の生育が起こり、そこから、関わりの強度が伝わってきます。

　お互いのバイタリティが、その「じゃんけん」に醸し出されているかもしれません。
「終わらないじゃんけん」も「始まらないじゃんけん」も、いまあるバイタリティを使い果たすことでしょう。

　現状打破のために、身につけてきた栄養素か生活様式か、どちらかが優位であったら、どうなりますか。
「じゃんけん」を何度しても、どちらかが負け続けるか勝ち続けるか、何一つ語りかけなくて済まされます。

　そしていま、人は、競争の悲惨を見渡しつつ、対話の行方を見上げています。

　企みが「じゃんけん」を作ったなら、ゲームをしているのは生身ではなくて、企みのプログラムとなります。

　わたしは、プログラムを再現している自分と、ゲーム

をしている自分との区別を、分からずいることができます。

「じゃんけん」は、ゲームする「生身の姿」です。

「始めた―終わる」という実感は、爽快でしょう。

　ゲームは、語り尽くされました。

　わたしたちの遣り切れなさは、沈黙しました。

　わたしが誰で、あなたが何者で、誰が息を吐くのか。

「じゃんけんする声」が響いていました。

　この身が芽を吹き旅する平原で、わたしたちは、蕾に気づけたかもしれません。

　わたしは「わたしである」と言う時、わたしは「わたしでない」と自覚しています。

　では、わたしは「わたしでない」という時、わたしは「わたしである」と自覚しています。

　わたしは、この身が状況と触れて起こし得ている実情に、歩みよったり、そこから弾き出されていたりします。

　飲食するには、食材やエネルギー、鉱物やテクノロジーの前に、わたしと風土との暮らしがあります。

　そしていま、無理に飲食することができて、わたしは、長生きや罹患したり、自殺や延命を選べたりします。

　手術や救命の処置に限らず、常に服薬が必要であると

は、すでに生きつつ死の整えをしている暮らしぶりです。

　意志であれ、災害であれ社会や国際の情勢であれ、服薬や飲食が中断します。

　健康の維持が困難となり、合併症や感染症のリスクが最大限になります。

　それは、心停止に至ることを示しているのです。

　わたしは、服薬しない状況で、どのように元気で居られるか試みながら、身体の手入れができます。

　もとより、人には、この身に馴染む空気や水があり、片手に乗せられるだけの食べものがあります。

　風土からの報せが吹き、その肌触りに馴染んでは、自分の感触を斥けて暮らすわたしが生きています。

　生きものは、完璧な機械です。

　それ自体が、変わり続けています。

　わたしは、「未完成だ」と、付け加えたい。

「ああなりたい。こうなりたい」と、欲していますから。

　見るとか聴くとか、自分に都合の良い方を向いて、わがままになれます。

　時々、写しとったり書きとったり、その手順にわたしは没入してしまいます。

　時々、幻想も妄想も、「いまのところわたしの出来事」と感じています。

　とある時刻が響き、わたしの外へと居場所が変換されると、その姿や声が周りの出来事となりました。

　一緒に居られた筈の幻想も妄想も、そして幻覚も、「わたしだけの世界」に閉じ籠ってしまいました。

　それらは、思い込みでは飽き足らず、すでに「世界の自食者」になったのです。

「わたしだけ」を、食べています。

　漂う気配を感じ眺めていれば、済まされていました。

　においが音を響かせ、光が形に映え、風が肌を波立たせました。

　わたしは、「斬り刻まれた時間」から記憶を洗っていました。

　干し上がったわたしが、すでに眺め続けているのです。

　極寒の大地に、咲き誇ったケシの赤は、いま、何を思っているのだろう。

　涙を落とせず、悲しんでいますか。

　柔らかな陽に温み、わたしたちを見つめていますか。

　戦場にもなり得た草原に、ひと色のように燃え盛るひまわり。

　一本一本を数えなくても、花たちは、分かっています。

　黄色の群れに映えようと、オレンジ色の群れに映えよ

うと、一本一本は、隣の香りを楽しんでいるのです。

X

　時計が、わたしの外で日常をクルクル回しています。

　引き籠っているのに、部屋で行方不明の人が居ます。
　行方不明なのに、街に引き籠っている人が居ます。
　行き先も居場所も感じていないのか。
　そうではありません。
　わたしから自分が行方不明で、どこかに引き籠ったま
まのようです。
　抜け殻なのか。
　はじめから「わたしという殻」などありません。
　笑えなくて、ここから越えた先を見たくなくて。
　始まらない朝があって、終わらない夜があって。
　始まらない夜も、終わらない朝も。
　息を吸っても、吐くのが辛い朝、布団から起き上がる
わたしが居ました。
　射し込む陽は同じようでも、見上げる瞳は、いつも
違って写します。
　気がついたわたしが居ます。

　わたしが死んでいたら、自分と話していますか。

　わたしが生きていたら、自分と話していますか。

　毎日、そのような時刻と、わたしは会っています。

　この身が誕生し死滅する出来事とは、違います。

　現れる前から話しかけ、消えた後には黙しています。

　生成するという現象です。

　このわたしの一生は、このいまに現れ消えゆく「満ち欠ける時」のようです。

　時間が、わたしから外へ出て地平に落ちて行きます。

　ひまわりが、そこに立っています。

　種から望みが香り出しました。

　落ちるということ。

　わたしは、ひとりで待っています。

　芽が顔を覗かしたら微笑んで、花が咲いたら驚いて。

　種を拾い、運ぶこともできます。

　わたしは、言葉が弾けた真っ新な時間と会いました。

XI

　わたしは、「考えること」を、どのようにやってきたのだろう。

　もとを質せば、どんなきっかけに会えて、わたしは考えはじめていたのだろう。

　問題が起きたから、上手く対処しようと欲したから。

　それで、考えることを頑張ったのか、怠ったのか。

　「その気になった」ということ。

　そうなのです。

　課題を整理し皆と分かち合えるように、わたしは、解決する手続きを検討したに過ぎないのであります。

　そのような実行を「考えること」と置き換え、「考えた」と、自分に言い聞かせていたのです。

　これでは、感じること、そうです、驚いたり戸惑ったりする自分を「手続きの柵」で囲んだだけでしょう。

　感受性が豊かとか、ＨＳＣであったとか、空想家とか言われる以前に、わたしは、日常で感じています。

　考えはじめているのです。

　そのようにわたしは存在し、言語の様々な様式を使いはじめています。

　結局、「考えた」と思い込んだとは、感じることを制御したのです。
「考えること」を、おもちゃ箱に仕舞ってしまいました。

　判断の総体が、その再現の総体が、その場に起き得なかった全てあるなら、たわいない日頃の会話は、起き得ていない事態を話そうとしていることでしょう。
　判断や再現の内へ、外へ、自分を追い遣っています。
　どちらも、わたしの言語の装置の機能です。
　装置が、不思議を語り尽くすことはありません。
　それは、草原に咲いた覗き窓のような小さな耳なのです。
　この肌が、震えました。
　すでに関わりが、はじまっています。
　おもちゃは、道具として振る舞いながらも、遊ぶ時間なのであります。
「表現されて世界となりつつ世界が沈黙する不思議」
　生きもの時の満ち欠けです。
「この身が存在している」と、わたしに話しかけてきては、満ちつつ欠ける時刻が響きます。
　わたしは、いまここで考えています。
　世界の全てを語れませんが、沈黙を体現しています。
　わたしが、不思議です。
「たのしい」ということ。

XII

　ホモ・サピエンスは、宇宙の時空の特異な居場所に座礁します。
「居場所を選択し構築する」、こんな宿命に抗い続けているのは、一人一人の人間です。

　市民と何倍もの奴隷がいます。
　市民自身も含まれていることでしょう。
　繋いだ筈なのに、繋がれているのです。
　与えるものたちに、奪うものたちに、具え付けるものたちに、絶望は訪れません。
　コントロールされる群れの外側に居て、そこから自分一人で外出できないだけです。
　それぞれに実感が違うと理解する前に、挨拶します。
　わたしには、与える力も、失う力も、具わっている力もございません。
　人間は、飼われ躾けられながら、そこの柵の向こうに出かけて行きます。

　食べものがなくても、息を吐く子がいます。
　水がなくても、唾を飲む子がいます。

　電気がなくても、遊び回る子がいます。

　通信がなくても、歩き出す子がいます。

　食材も料理もたくさんあって、四六時中、風呂もＰＣも使える居場所を流離うわたしが、比べようもなく貧困です。

　ゲットーにいるのは、わたしたちで、あの子たちは、裸足で土に塗れています。

　そしていまは。

　わたしの死は期待され、あの子の死には、蒸発した涙が光っています。

　暮らしの元手は、どこから来て、どのように人と付き合うのか。

　人間社会の構造に漂流する元手の様相を愉しみ、自然世界の生成に変幻する元手の感触を伝えられて、平原を吟遊する人がおります。

　時には金融として、時には自由として、時には資本として、時には共産として、時には主義として、時には権威として、時には大衆として。

　そんな概念に、邂逅を綴じる人々がおります。

　時には、立法や司法や行政の組織体が、それぞれに公権の温床になります。

「対岸に横たわる橋」を、造ったのも壊すのも人だ。

　だれもが川を渡ろうと望み、だれもが行き交う時間に

投資して、だれもが往来を阻み、その交錯する渦の熱狂
に、だれもが酔い果ててしまいます。
　自分は「これだ」と言い放ちながら、一つの椅子に座
り続けて何役も演じ分けているのです。
　何かで統一したわけでなく、独占されたのは自分自身。
　この役柄から、その役柄へと渡る川に、水は流れてい
ないのです。
　こんな事象は、家庭やご近所、職場や学校、病院や保
育園、買い物と、卑近な生活場面にて人に出くわすので
す。
　わたしは、役柄を忙しく回りながら「マイクロ・アグ
レッションをしたりされたりする自分」と会っています。
「そのままにしておいて」と、職場から職場、町から町
へと居場所を変える移民でありつつ、そこから抜け出せ
ない難民で居られるこの自分がいます。
　わたしは、人類が手に入れる「最先端の技術」と人間
が日常で「紡ぎ上げる知恵」の時空間で、揺れたり縺れ
たりして忙しくもあります。
　社会の平和も自然の恩恵も「この手に握り締められる
という人間の誤謬」を唄う旅人は、このいまここに暮ら
している「それぞれのわたし」です。

　クラゲには、脳という臓器は無いかもしれませんが、
身体という全体の強度が脳でもあることでしょう。

この重なり合いには、歪みも絡みもない筈です。

そWindowManagerていま、人は、「時」にクロノスとカイロスの表情を味わったのです。

どちらかが支配的になる場面や心象に誘われては、「分け切れない」と、人は「時」に囁きかけています。

医療や介護の目的は。

病気を治すこと、健やかに暮らすことならば、その手立ては、だれと話をしているのでしょう。

症状に対するキュアやトリートメントやケアにできることは、わたしが発熱や抑鬱や困難と付き合う手伝いです。

どんな症状も、パターンやシステムの中で語られ対処される「類似や差異の群れ」ではありません。

日常で経験される一つ一つの元気の表情が、症状の世界です。

風邪に罹った時を考えてみましょう。

わたしは、これまで何度となく風邪をひき、これからも幾度となく罹ることでしょう。

そもそも、治すとか和らげるとは、どういう事態なのか。

特定された範囲での身体組織のメカニズムを治療できたり、特定されていない身体機能を緩和したりして、身

体の活動を支援するのであります。

この関係は、交互し、背を向け合ったりします。

トータルペインは、成人病や感染症であれ、鬱病や心気的であれ、難病や末期ガンであれ、「何処が」と限定されたりしない全体です。

治療や緩和のからだへの関わり方を見たのは、人です。

その手順を区別し合体させるのは、人の都合であります。

保健や制度に関与している治療や看護、リハビリや介護、身の回りの世話や身上保護などのサービスに携わる専門職から、利用者の振る舞いについて、次のような発言を耳にすることがあります。

「同じような病気や障がいなのに、病状の変化や暮らしぶりが一人一人違う」

「あの方のようにしてくれると良いのに」

「ああ、成りたくないね」

利用者の個人差や個性を語っているようですが、「何も学んでいない」と、白状しているようです。

利用者との関わりで気づかされることが、臨床現場に閉じ込められた「意思疎通のロック状態」なのであります。

個別性や多様性について、わたしたちは、臨床現場での気づきを、自分自身や周囲の人たちとの関わりに運び、

その日常生活での気づきを臨床現場に運ぶことができます。

　このようにして、個性を学んでいるのは、専門職自身と利用者自身、そして、周囲の人たちであります。

　社会的・国際的に合意形成されたり対立要素となったりする「限度や境目」を、わたしたちは目撃しています。

　限界の範囲を超えていく合理的作業や、境界の線引きを変更していく心理的作用が働いていくことを、わたしたちは痛感しているのです。

　界の出入り口は、見えませんが、体感され、そこでは呼吸が起きています。

　治療の提供の経過には、穏やかなに死すあり様へ「おおかえりなさい」と、新たなに生きるあり様へ「いってらっしゃい」と。

　こんな挨拶には、寄り添う時が流れ、そこに季節が露わになっていることでしょう。

　わたしは、病気や困難に臨み、近くへ歩みよったり離れて見守ったりします。

　あなたの色香に、性の区別などにつかわないのです。

　性に関する形質か、自認か、志向か、実感か。

　それで済まされているでしょうか。

　目に見えやすかったり、耳に聞こえやすかったりする

事柄は、あなたやそのひと、わたしの周りに貼り付いて、その配置されたタグが指し示す中身なのでは。

　生身のパフォーマンスは、おそれるほどにセクシーです。

　人間としても、生きものとしても、物質としても、果てゆく様も。

　区別や分類などの「篩に掛けられずにある性の色香」を、わたしは吸っています。

　この身に起きていることは、自分自身の経験です。

　あなたが経験していることを、わたしは代われません。

　からだに、主人はおりません。

　この身の主人公を演じることができるわたしは、からだが織り成す地平に立っています。

　対立することと争い合うことの間で、新しいエネルギー変換が生身に起きています。

　あなたとわたしは対峙しており、利害をそれぞれに尖鋭化することもできます。

　わたしたちは、あなたがわたしに成らない、わたしがあなたに成れない、その息を吸っています。

　国や地域の体制がどうか、組織や自然の風土がどうか、ご近所や家庭の雰囲気がどうか、テクノロジーやシステムの使い勝手がどうか、それぞれのイズムやパーソナリ

ティの表現がどうか。

　それらが連なる状況に、わたしは関与しています。「このまま」に馴らされるのも、「違う」と言い出すのも、日常生活を体感しているわたし自身です。

　それぞれの実情に、気づかされているのであります。

　組織や村、地域や国家でもあり得る実情でしょう。

　わたしは、あなたに干渉できませんが、上手いことそうしたがりもします。

　それぞれに、エールを送り合い、それぞれに事実を認めることもできます。

　わたしは、信念や使命のために、人を殺したくありませんし、自然の営みを邪魔したくはないのです。

　あなたがそのように行為したなら、悲しみつつ、その事実の織り上げる実情に思いを馳せるわたしがおります。

　機械が器官であって身体ではないとすれば、やすやす、こころについては語れまい。

　人は、ペットや家畜、雲や水、草木や虫たちに思いを寄せます。

　いまのところ、機械の気持ちを想像したとしても、わたしから気持ちを伺うのは失礼であります。

　言語や仕草の類似性や差異性について語り合える機会に気づくところまで、人も機械も至っていないのでしょう。

「使い使われるという関係」が、機械の自身とわたしの日常生活を認めていません。

　こころに、親しみと危うさの裸が交互しています。

　生きものぞれぞれの個体が常日頃に感じられ得る神聖さを、だれもが儀式や所作の箱に納めてどうしたいのか。

　その働きは、「個々人が社会や生態系や自分自身と折り合うこと」に寄り添っているでしょう。

　宇宙に創造される身体は、わたしが生身に語りかけ、こころを語り出すかにかかわらず、ガイアに暮らしています。

　わたしは、他者のいのちを断ち、生き延びる動物です。

　そんな歴史が展開する世界の出来事に、わたしは話しかけることができます。

　多彩な顔つきがあり、会えない顔が無限にあります。

　わたしは、そんな顔たちと一緒に暮らしているのです。

　いのり。

　何ひとつ望んでいません。

「祈っている」のです。

　鎮魂は、勇気と会っていることでしょう。

　どんなに悲惨な現実であれ、消滅する宿命であれ、さぞかし素晴らしい恵みであれ、驚きに溢れた畏れであれ、いのりは、何も語りません。

　その姿は、調べです。

　暮らす里で採れるものを食べ、手にできる火を使い、
野山を壊さないように生きて。
　銃を持たなくても済むかもしれません。
　その地と馴染めないなら、わたしは、そこに居ません。
　釣れる魚に、釣られない魚。
　自分だけの神話を追いかけ、壊れてゆく己。
　貧困や戦争を創りあげたのは、特別な人ですか。
　お互いの餓死と自滅の歴史で自然を破壊したのは。
　一人一人の暮らしぶりです。
「わたし自身だ」、ということ。

　人類が長生きや健康を希求することと、生きものが生
死を迎える整えをしていることの隙間には、私的言語の
断絶と共通言語の散在があります。
　人間の共通言語は、個々人が感受する実情との類似と
差異を発生地として各地に踏み込み、私的言語は、自分
に漂うかおりに言い分を付け加えます。
　噛めないほどの歯の衰えは死にゆくが、それは辛いの
か。
　別な進化のプログラムを、生きものは創出しますか。
　人類は、自ら構築した言語と社会体制によって、自分
自身や社会自体の欲求を満たす手続きに没入したようで

す。
　わたしたちの文化が、自然の営み、他の生態系の暮らしに受け入れられているかなのです。

　社会が先か、人が先か。
　全体か個人か、どちらが先か。
　わたしは、明言できません。
　そして、時々の状況に応じて、アドバンテージをつける態度を、わたしは示すのです。
「社会性は一人一人の外にはなく、人の外に社会はない」
「全体性は個々人の外にはなく、個人の外に全体はない」
　そう思えたり、圧力に耐えざるを得ない自分を感じたり。
　そこに、境界の線は、描けないようです。
「肌の色彩たちが、息をしているか息をできずにいるか」
　こんなずれが、この身の息です。

　その時代の為政者の振る舞いがどうであれ、その時代に国民の暮らしがどうであれ、その時代のアルティメット・ウェポンは投下されたのです。
　戦争の仕方や兵器の性能、そのための技術力や資金力の問題ではありません。
　その時代に生きた一人一人の暮らし方なのです。
　もし、兵器の開発と投下の手続きを責めるだけなら、

このいま生きている者と死者の歴史への冒涜でしょう。
　死体の皮膚が、焼け焦げた黒か、皮を剥かれ赤か。
「皆」という塊が、あの今日を生き延びるために願った
のです。
　一人一人の暮らしぶりが「皆」と合致し得ないことを、
わたしたちは素肌に記しています。
　野辺に見送られているのは、生きものたちそれぞれの
今日です。

　銃を撃つわたしの心が、凍てつく光で炭になりました。
　戦場で奮える自分が、足元の彼方に吸い込まれていま
す。
　帰る家もなく、炭が抉り取られた地面に落ちてゆく。

　画面を摩るわたしの心が、凍てつく波で泡になりまし
た。
　日常で息する自分が、手元の遠方に連れ去られていま
す。
　話す席もなく、泡が切り離された指先に溶けてゆく。

　百日紅のふじ色の淡さが、隣のあか紫の鋭さが、夏の
厳しい陽射し揺れる花の唄のようです。
　わたしは、街路樹の脇を通り過ぎました。

全身で思いを巡らせています。

この身が、世界と深呼吸をしています。

書かないのです。

巡った思いを、テクストで再現していません。

唄っています。

XIII

　祈っています。

　悲しくても辛くても、嬉しくてもありがとうでも、美しくても怖くても、手を合わせている自分がいます。

　わたしは、祈りました。

　太陽が、草木が、風が、雷が、波が、月が、「神々しい」と声にするより早く、手を合わせていました。

　呟く言葉は、何ものかのセリフじゃないのです。

　わたしの声でした。

　いのりをやめた時、わたしは立てず歩けず、口を塞いだままです。

　いのりをやめた時、わたしは希望からも絶望からも己を見放したのです。

　大地に、響く息吹、降り注ぐ雨風、満ち欠ける光、そこに立つ身が唄いはじめました。

　調べの降り注ぐ世界が、輝いています。

　許されざるわたしと、あなたは会ってはいけません。

　たった一つの欲求を消化するために、あなたの時のすべてが詰まった今を壊したのは、わたしです。

　再び起き得ない自分を、口にするわたしたちがいます。

忘れ得ないから、殺意が生じます。

忘れ得ないから、無念が生じます。

忘れずにいられるから、祈ります。

「別れの挨拶」ができないのです。

殺人とかテロ、戦争とか、事故とか人災、災害とか。

自殺とか、食べられないとか、治療が届かないとか。

わたしは、ゴチャゴチャのままいます。

死因となった物語で「死」を書き換えるとは、ゴチャ混ぜにして、「これだ」と刻印したのです。

相手を、状況を、許さなくてもいいでしょう。

そんな自分と、わたしは会っています。

わたしは、殺生を繰り返しています。

いまだ、許されざる者は、暮らしています。

わたしは、生死の峰を歩いています。

わたし自身が境なのです。

わたしの影が歩いて行きます。

どこからも、光が届いておりません。

わたしが、窓を閉じたのです。

罪の顔が、見えません。

窓を開け、顔を見つめるわたしもおります。

畏れと、会えるのです。

184

　人は、ゴチャゴチャしています。

　孤独から対話の仕方を創造していこうとします。

　ゴチャ混ぜにして、一時的に孤独を囲い込む手立てを巧みにしていこうともします。

　生きものの一粒ならば、そんな暮らしの場からガイアに触れていることでしょう。

　わたしの実存です。

　この村では、人だけが増え続けています。

　ガイアを喰い尽くした村では、人が芽を出してきません。

　グローバルに展開される貧困の市場に、ローカルに縮こまる権威の富裕に、ブロック化する自尊心の肯定感に、東も西も、赤道という境はないでしょう。

　すでに、人々は、ガイアから追い払われたのでは。

　人しか居ない大地など、どこにもないのです。

　マシーンになったインターフェイスがあります。

　逢う前の、逢った後の話です。

　ここにたどり着くまでの道程と、ここから立ち去った行先が、プログラムになっていませんか。

　昨日か、今か、明日か、プログラムには端から時が消え、わたしは、ときめきません。

　人が創造してきた医療や経済の社会様式は、身体構造や自然環境が生成する土壌を耕しているのでしょうか。

　わたしは、生身を人工物に置き換えています。

　延命したいとか、延命処置を中断するとか。

　自殺や自死を許容できる社会の規範や通念の文脈とか。在るがままと、話をする身体の文脈とか。

　いのちを壊しているのは、飛来したエイリアンですか。

　地球に誕生し死滅した生命やわたしの歴史は、エイリアンになる以前から、人、生きもの、物質です。

　足の底から湧き上がる大地の響きを唄っているものは。

　わたし、あなたです。

　わたしの身体のあちこちに絡んだインプラント。

　社会の隅々にも、野や川や海にも。

　予定されていた調和は、ここには似合いません。

　人工物を組み入れては吐き出す生態があります。

　そんな調べを、ここで味わっているわたしがいます。

　都合の良い方に手を差し伸べ空腹を満たしては、出会えた生命の生と死の表情を、この身が醸しています。

　わたしは、多数決に参加しました。

　一つの行き先がはっきりして、置き去りにされたのは。

　対話し得なかった実情が、顔を覗かせてきます。

　正義とか真実のための評決はありません。

　行方の表情を思う道程で考えるのは、一人一人です。

　日常会話の準備のはじまりです。

　それが「これだ」と、言い切って対象となりました。

　これが「そこだ」と、言い放って現地となります。

　それもこれも自分でありますが、わたしではないのです。

　わたしは、「これそれ」と会い、離れます。

　蕾も、花も、月も、陽も。

　満ちつつ欠け、欠けつつ満ちています。

　望みの光を絶つかのように映えた満ち欠けは、望みの薫りを希っています。

　葉は、小枝より離れて舞います。

　種は、地中より離れて踊ります。

　風に吹かれて、ここと出会われています。

　わたしは、空を吐きました。

　このいま、そこはかとなく色がかおり、ときに沈みます。

　障がいに病、老いに幼さが、産まれない生態系の時空。

　デザインされたもののみが産まれるなら、消滅しませ

ん。

　現れないものがいない世界です。

　時空では、現れているものと現れていないものとの間が、脈打ちながら呼吸をしています。

　存在する現場で、息継ぎしたのは、わたしです。

　この腕に巻かれた時計に表示される時刻、宇宙船の運行を実現する構造体、毎日、口にできる飲食物の栄養素と。

　身の回りにデータがあり、それは固有の形をしています。

　再現される製造物や計算値に、そのプログラムから、わたしは、客観性を受け取っています。

　それは、わたしの外で、だれもが確認できる事象の振る舞い方の理論的記述です。

　一つ一つの事象になり得ている存在の仕方と、出会われているわたしのあり様が、この場にいます。

　眺め、編集をしているのはこの主観ですが、その場で、この身体は客体になり得ています。

　それぞれの存在の仕方を聴き取った記録には、「時空とのズレがある」と、ＡＩは自覚していることでしょう。

　そのズレを極限まで微小化し続けるＡＩが、編集データを送ってきて、わたしの編集作業を手助けしています。

　データは、予測も含めすでに起こった痕跡ですが、編

集は、いまここで起きています。

「時を刻む」とは編集されず、そこに現れています。

　わたしは、起こった先を決めていませんが、起こり得る時に根付いています。

「存在している」、ということ。

　存在への敬意を、どのように表現するか、いまのところ、ＡＩは、その時刻に現れていないようです。

　存在と会える場所へ、わたしはＡＩと一緒に出かけます。

　わたしたちが道に迷わないように提示される地図のデータがあり、行っては帰ってこられる乗り物の形があります。

　存在は、わたしたちを出迎え、送り出すのです。

　この身が生まれ死すこと。

　わたしが意思する前に、自然や世界からの関わりが降り注いでいます。

　死すこと、別れることを忌み嫌うなら、生まれたことも、出会いも、台無しになってしまいます。

　生まれたこと、人生を忌み嫌うなら、死すことは、救いには成り得ません。

　わたしの在り様が、自分自身を道連れに、他のものたちの状況になり得ています。

「知れば知るほど、おそろしい」

　わが身は、身震いしています。
「出会われるたびに、身の毛立ち」
　在るがままの声に揺れて、わたしは探究します。

　ゆるやかに身体機能が低下すること、ゆるやかに生活
様式が崩れること、ゆるやかに社会形態が乱れること。
　その変容する状況を、人間は、止められないのです。
　病気、事件、事故、戦争、災害と。
「突如、起きた」と発見するのは、人間の暮らしぶり。
　急激に起きないようにと、人間は試みます。
　一つ一つの事実に、話しかけてもいます。
　テクノロジーや社会システムの限界を、人間は、自ず
とガイアの生態系に示しているのです。
　いま、その境界線上を歩いているのは、わたしです。
　蝶が、ひらひら、頭上を越えて行きました。

　わたしは、市の民である前から人です。
　人は、人間に成ります。
　人間は、地面を歩く生きものです。
　わたしは、野原で戯れていたい。

　嫌な行いをした自分も、有頂天を病に装った自分も
「面白い」と、わたしは「贖えない事実」と話しています。
「絶望から希望が輝き出す、希望が絶望に置き換えられ

る」、こんな問いかけで会いには出かけられないのです。
「いのちの生まれる」その時に居合わせるよろこびに、
語りかける言葉はありません。

　語りかけられるよろこびに、語り出す言葉はありません。

　声が響きわたる世界を、わたしは浴びているのです。

　今朝、遊びに来た事実の顔ぶれと、散歩に行きました。

　季節に唄い季節に去り、いまここに暮らしています。

　暮らしは、ここに置かれた贈答箱ではないのです。

　わたしは、世界を醸す自然の裾野に住んでいます。

　今朝、ベランダで、わたしは開きました。

　わたしが、種の時には成れません。

　わたしは、種を迎え、種を見送る整えをしています。
「世界は、眩しい」

　不揃いな色合いの糸がわたしに絡み付き、それを解いて歪な結び目を編んでいるのは、わたしです。

　名札を外した糸玉を贈るわたしは、持参されません。

　わたしは、ここから先におりません。

　あなたを、見送る挨拶です。

XIV

ものが色めいています

死と会いつつ
その都度　生きて
生と会いつつ
その都度　死んで

ただいま
わたしはここに

この身は
遊牧しています
ほころぶまでも
こぼれてからも

著者プロフィール

さむ けい

1956年生まれ。
ケースワーカー、MSW、PSW、ケアマネジメント、介護などの経験。
医療法人や介護事業所および社会福祉法人の理事、取締役、顧問などの経験。
来談者、患者の経験。

わたしは誰　〜Who I am〜

2023年11月15日　初版第1刷発行

著　者　さむ　けい
発行者　瓜谷　綱延
発行所　株式会社文芸社
　　　　〒160-0022　東京都新宿区新宿1−10−1
　　　　　　　　　電話　03-5369-3060　（代表）
　　　　　　　　　　　　03-5369-2299　（販売）

印　刷　株式会社文芸社
製本所　株式会社MOTOMURA